10 years

太阳鸟十年精选

王蒙 主编

那个心存梦想的
纯真年代

辽宁人民出版社

© 王蒙　2017

图书在版编目（CIP）数据

那个心存梦想的纯真年代 / 王蒙主编 . —沈阳：
辽宁人民出版社，2018.1
ISBN 978-7-205-09144-6

Ⅰ . ①那… Ⅱ . ①王… Ⅲ . ①散文集—中国—当
代 Ⅳ . ①I267

中国版本图书馆CIP数据核字（2017）第273965号

出版发行：辽宁人民出版社
　　　　地址：沈阳市和平区十一纬路25号　邮编：110003
　　　　电话：024-23284321（邮　购）　024-23284324（发行部）
　　　　传真：024-23284191（发行部）　024-23284304（办公室）
　　　　http://www.lnpph.com.cn
印　　刷：沈阳百江印刷有限公司
幅面尺寸：160mm×230mm
印　　张：11.75
字　　数：184千字
出版时间：2018年1月第1版
印刷时间：2018年1月第1次印刷
责任编辑：赵维宁　艾明秋
装帧设计：丁末末
责任校对：赵　晓
书　　号：ISBN 978-7-205-09144-6
定　　价：36.00元

总 序

PREFACE

    这套"太阳鸟十年精选"所收录的文章均选自过去十年我为辽宁人民出版社主编的太阳鸟文学年选。太阳鸟文学年选作为每年国内出版的多种文学年选中的一种,已经坚持了近二十年。它说明辽宁人民出版社的这套太阳鸟文学年选具有相当的历史性,表现了辽宁人民出版社编辑们的坚持不懈,这也是年选权威性的一个方面。

    太阳鸟文学年选近二十年来,纳入其编选范围的文体大致六种,即中篇小说、短篇小说、诗歌、散文、随笔和杂文,这一次编辑将选文的体裁限定在了"美文",杂文记忆中也只选了三四篇。整套书共十三种,包括《途经生命里的风景》《异乡,这么慢那么美》《故乡,是一抹淡淡的轻愁》《这世上的"目送"之爱》《历史深处有忧伤》《愿陪你在暮色里闲坐,一直到老》《你所有的时光中最温暖的一段》《那个心存梦想的纯真年代》《一生相思为此物》《掩于岁月深处的青葱记忆》《在文学里,我们都是孤独的孩子》《艺术,孤独的绝唱》《那个时代的痛与爱》,除《那个时代的痛与爱》主题相对分散,其他内容包括国内国外、故乡亲人、历史人物、童年校园、怀人状物、读书谈艺,可以说涵盖了人生的方方面面,可供阅读群体广泛。集中国十年美文创作于一书,这个书系的作者也涵盖了中国当代文学写作,尤其是散文写作的大量作家,杨绛、史铁生、袁鹰、余光中、梁衡、王巨才、王充闾、周涛、陈四益、肖复兴、李辉、王剑冰、祝勇、张晓枫、刘亮程、毛尖、李舫、宗璞、蒋子龙、陈建功、李国文、刘心武、李存葆、陈世旭、梁晓声、陈忠实、贾平凹、铁凝、张承志、张炜、余华、韩少功、王安忆、苏童、周大新、格非、迟子建、刘醒龙、刘庆邦、池莉、范小青、叶兆言、阿来、刘震云、赵玫、麦家、徐坤等。还有黄永玉、范曾、韩美林、谢冕、雷达、阎纲、孙绍振、温儒敏、南帆、陈平原、孙郁、李敬泽、闫晶明、彭程、刘琼等艺术家和评论家。他们的阵容,令人想起改革开放以来中国当代文学的版图。

为了"优中选优",我重新翻阅了近十年的太阳鸟文学年选散文卷和随笔卷,并生出一些感慨。文学应该予人以美,包括语言之美、结构之美、韵律之美,更包括思想之美、情感之美、叙事之美,言之有思,言之有情,言之有恍若天成的启示与灵性。美好的东西总是让人念念不忘,文章也是如此。重读这些当年选过的文章,依然让人或心潮澎湃,或黯然神伤,或感同身受,或心向往之,一句话,也就是我最入迷的文学品性:令人感动。

大概十年前,为了继承和发扬赵家璧先生在良友图书公司主持"中国新文学大系"的传统,我曾为出版社主编过"中国新文学大系"第五辑,我在序言中曾说,文学是我们的最生动、最刻骨铭心的记忆,是我们的"心灵史"。我希望这套选本,也能不辜负读者与历史的期待。

王蒙

2017 年 9 月

目录

CONTENTS

耶鲁学生眼里的中国

——耶鲁风景线拾零

苏 炜

"心热"

读耶鲁学生用中文言述的中国话题，时时读得我心热，又时时读得我心惊、心痛。

"……去过中国以后，跟更多从中国来的人交朋友，我就发现我的教育经验有很大的缺点。我到现在为止只是从一个美国人的角度来看中国。我是有点太骄傲了，我把所有耶鲁教的东西都看成是真理。实际上我只是在一个美国的镜子里看对中国的反映，用这个方法看不出很重要的部分。我需要了解中国人自己觉得他们的国家怎么样，自己有什么看法。如果我把这两个部分——美国对中国的看法和中国对中国的看法，放在一起比较，就可以自己决定哪个是比较正确的。这样，就不应该继续依靠有偏见的教育来学习中国。"

这是我指导的美国学生何矛（Matt Huttner）刚刚完成的大学本科毕业论文的开场白。我相信，这大概会是耶鲁三百余年历史中——很可能也是全美国以至整个西方国家的大学本科生中，第一篇用中文写作完成的毕业论文（Senior Thesis）。今年耶鲁东亚专业破天荒地批准了四年级本科生何矛提出的特别要求：不用英文，而用中文完成他的毕业论文。为了了解中国人自己怎样看待中国，他决定做一个选题角度独特的研究：把中国不同时期的历史教科书作互相比较，再和美国历史教科书对相关历史事件的言述作比较。他选择了三本教科书：中国“普高版”（普通高中）中国历史课本；引起争议的去年上海新版教科书的中国历史课本；以及耶鲁教授、著名史学家史景迁（Jonathan Spence）编写的中国历史课本——“The Search for Modern China”（“现代中国的追寻”），择取这三个课本里对四个历史事件——鸦片战争、抗日战争、国共内战和“文化大革命”——的不同描述作比较分析，从而找出他所认识到的历史叙述中的“真知”和“偏见”。

　　那天，何矛的导师——历史系女教授怀丽尔·韩森（Valerie Hansen）把他领到我的办公室，询问我指导他用中文完成毕业论文的可能性。何矛（Matt），这位在校园内广有人缘、担任了很多个耶鲁义工团体负责人的帅气洋人小伙子，已经跟我修读了两年现、当代高级中文课程。我记得，两门课中，我给过他一个“A-”。在耶鲁这样竞争激烈的校园里，很多学生也许得了一个“A-”，就要打退堂鼓了。论实际中文程度，何矛也许不算我教过的学生里最拔尖的，但却是学得最为锲而不舍、也最有思想见地的一位。我当然乐观其成也乐助其成。我问他：何矛，用中文写十五页的论文，所包含的信息量和付出的心血，可是比你用英文写二十五页的论文（本科生毕业论文的要求），工作量要大得多也难得多哪！你为什么要——自讨苦吃呢？我特意用了一个中国成语。何矛笑笑说：苏老师，这个“自讨苦吃”对我太重要了。我说我要了解中国人看待中国的观点，我学了这么多年中文，用中文来表达我读中国书的看法，我认为是一种更合理、更有力量的论文方式。当然……他粲然一笑：我是你教出来的学生，你不觉得，这样很酷——你也很"酷"吗？

我心头一热，大笑。

——酷。这个包含"新奇""特别""有趣"和"怪异"的字眼，在美国年轻人的生活里几乎无所不在。哈，如今也落到"老模咔嚓眼"的"苏老师"身上啰！——"何矛要用中文写Senior Thesis！""何矛实在太酷啦！"这个消息，马上风一样传遍了耶鲁学中文的学生圈子。男女学生们纷纷向我探问究竟，"苏老师"摇头晃脑的，果真是"酷"得不行哩！

承蒙上海老友Z君的越洋鼎力相助，我为何矛找齐了他论文急需的全套上海新版历史教科书。何矛捧着中、英文的大厚摞书本日夜苦读，频繁地在我的办公室进出，终于在截止日的最后一刻，完成了他洋洋洒洒的中文论文，上交导师。他付出的心血完全是双倍的——在十几页的中文论述前面，还加上了几乎同样长度的英文论述。我这里不便一一细列他对三本教科书所作的非常有趣的比较研究。比方，他举出文字实例，质疑了鼎鼎大名的史景迁教授对"鸦片战争"的描述后面，其实包含了一种"中国不如英国"的偏见；又指出了三本教科书对"文化大革命"的描述都有一个共同点："大而化之"。史景迁教授的美国版是因为梳理不清楚"文革"的成因而显得语焉不详，中国教科书的两个版本却因为回避各种忌讳而对"文革"成因含糊其辞，使得这个"最敏感的话题"，反而在表面看来，是三本美、中教科书的描述中"最相似，最一致"的方面。我和韩森教授都给了这篇论文"A"的评分。近日获知，在韩森教授推荐下，何矛这篇耶鲁"史无前例"用中文写作的毕业论文，已经获得了耶鲁本科生毕业论文写作的最高荣誉——"威廉斯奖"

的提名（结果将在毕业典礼上揭晓）。

我祝福他——我知道，这同时也是对自己、对我的中文母语的祝福。

"心惊"

"在我的记忆里，那一天的之前与之后，很早就消失了。最近四年以来，我乱糟糟的脑子久而久之忘记了很多东西，可是无心保存了那一天我看到的一个云南少数民族的小村子的印象。"

我称赞我的学生麦特（他的英文名字同样叫Matt），他这篇题为《我想象中的中国农民》的中文作文开头的第一个句子，简直漂亮得可以跟南美作家马尔克斯那篇获诺贝尔文学奖的《百年孤独》的开头相媲美——确实，美国学生们在双语转换中常常无意得之的简洁而奇峭的中文表达句式，时时让舞文弄墨半辈子的"苏老师"嫉妒不已呢！但是，更打动我的，是透过麦特的文字，我触摸到的一个年轻美国孩子那颗关怀广大的悲悯的心。

还在高中时代，十六岁的麦特就到中国留学——在一个名叫"海外学年"的中外合办的项目里学习中文。在北京，他常常听他的中国朋友说：（以下是他的作文原文）"你们外国人都一样，去过北京，去过上海，马上就觉得，哎呀，我很理解中国现代的情况！如果你们没有看到中国的农村，没跟那些完粮纳税的农民打过交道，你们就仍然是不识时务的老外！"

在他的要求下，中国老师把他们带到了一个云南的乡村。

"我记得那一天，我站在村外的田野上，糊里糊涂地看着二十几个既年轻又标致的傣族人，向我们表演一种传统舞蹈。那些傣族女人穿着特别漂亮的黄色的长裙，笑盈盈地把脚向前踢出来。她们的幸福表情让我很怀疑——她们果真享受着这种可以天天向我们这些'资产阶级的人'表演古代文化的生活吗？她们很机械地跳着舞时，我竟然看到了一个四十多岁的男人，也同样穿着漂亮的傣族衣服，不过那衣服上已经变得有点污浊，他跳了一两步，就醉醺醺地摔了下来。我们都笑了他。……"

麦特问道：

"……我们到底看到了什么？一个假的跳舞表演。我们还是一点都不了解他们傣族人的普通生活条件，并不知道他们怎么耕地、交税，或者卖他们所收获的大米。这些难以回答的问题，我们都没问。我想说，这是因为我们不想表现得太好奇，也不想冒犯他们。但是，我害怕的最终不是这个原因，而是——我们其实真的不在乎。"

文章的结尾，麦特用反讽的语气写道：

"我们不但去过北京和上海，而且去过云南最穷的一些农村，好像我们可以放心了。根据那些北京城里人的说法，我们现在对中国已经什么都了解了，是吧？"

——麦特的整篇文字，差不多都被我详引出来了（除了错别字的更易，大体上是原貌）。那天，读、改完麦特的作文，内心忐忑了许久。我一时说不清楚，浮在自己心头的是一种什么情绪，只是似乎有点隐隐作痛。作为在西方大学任教的中文教师，我当然不愿意自己的学生只是在一个"包装过的中国"里学习中文、了解中国。这样在矫饰中了解的"中国"，往往反而是对真实中国和本真中国文化的深度伤害——我在以往的文字里，已经述及这一点。但是，这远远不是问题的全部。我想，对于我等华族士人，麦特描述的一切，或许早已司空见惯了。这些年来，神州大地可谓处处花团锦簇、流光溢彩，哪哪都有"穿着特别漂亮衣服""笑盈盈把脚向前踢出来"的诸般表演。偌大中国，实在都已经

"人工景点化"，也"面子工程化"了。很多时候，我们其实活在一个"拙劣包装过的中国"里而不自知；我们自己的人生，也同样被种种样样地"包装"起来而不自知；甚至，我们自身也成了那些"人工景点"的一部分，不但不自知，甚至还有点自得——假作真时真亦假，因为"包装"本身，已经成为"真实"的一部分了！

细细琢磨，我发觉麦特文中让我感到"惊心动魄"的句子，其实是他的那个"害怕"——他对自己那个"真的不在乎"的"害怕"。

这个二十出头的美国大男孩子也许压根儿想不到，他向"苏老师"扔出的，是一块捣心戳肺的石头——

面对眼前"盛世繁华"中一片片嚣肆的虚矫，多少年来早被逃避主义、犬儒主义喂养得脑满肠肥的我们，真正"害怕"过什么吗？"在乎"过什么吗？

"心痛"

近年来美国大学校园内越来越多的华裔学生，开始用中文来阅读和思考中国，同时面对自己的母国——父母的祖国各种社会政经发展的问题。随着美国"婴儿潮"（也即中国内地"老三届"）的一代人步入中、老年，也恰值"文革"后第一代中国内地留美学生的子女们进入大学的年龄。近几年来，美国校园内华裔学生修读中文的人数在持续上升，各大学中文项目都不得不针对教学需要，同时在各年级增开"华裔班"。华裔学生中，以往是港、台背景的学生占多数，近年来则逐渐以大陆背景的学生为主导。他们的父母一辈，大多经历过"文革"，下过乡，吃过苦，又亲历过改革开放的世态激变。所以，他们在美国出生、成长的子女们，也许在少儿时代，会设法忘却或淡化自己的华裔身份（为着能跟周围孩子"一个样儿"），但成年后马上就找回了自己的文化认同，并且一般都对中国的话题敏感热衷，有归属感也有使命感，每每能够道出一种血浓于水的切肤之痛。

　　小萱，就是这么一个对中国发展有理想抱负、又有参与热情的华裔女孩子。她在我的课上交出的每一篇关于中国话题的读书报告，每每都是经过深思熟虑而有的放矢，让我读之抚卷再三。她曾一再认真地向我描述过她的人生理想：从现在开始，一直到毕业之后，她想效仿在耶鲁毕业的中国先贤——平民教育家晏阳初的榜样，投身到中国的乡村教育和乡村改造事业里去。

　　"小萱，我不是给你泼冷水——你想象过你将会遇到的困难和障碍么？"那天，我听完面容清秀、眼神清澈的小萱缓缓地向我说着晏阳初，道出她从今年夏天就准备回中国，到北方某省农村开始着手推动的乡村教育计划，心头镗然一震。我知道，晏阳初先生创立于1934年的"中华平民教育促进会"，虽然当年在河北定县的乡村试点曾一度干得轰轰烈烈，同时凝聚了一大批留学欧美的有识之士（约四百人）投身其中，"可是，最终，老先生却在中国社会残酷的政经现实面前，撞得头破血流啊！"我叹着气说。

　　"苏老师，我知道的，我读过关于晏阳初先生的所有故事。"她淡淡笑着，却神情坚定，"我相信今天的时代不同了，晏阳初先生没有完成的理想，总是需要有人去做的，因为乡村教育问题一天不解决，它就要成为中国社会发展的最大障碍。"

　　小姑娘话说得平实，却是语重千钧。

　　那天，送走小萱，我特意上网去查阅了有关晏阳初先生和他创立的"平教会"的有关史料——

　　"平教会"将乡村建设提到担负"民族再造使命"的高度，甚至把定县实验看成是弥补太平天国革命运动、戊戌维新运动、五四新文化运动、北伐战争缺陷的革命性工作，还将此比作苏联的第一个五年计划，

"以为我们的工作的价值，决不在苏俄'五年计划'之下"。晏阳初强调，乡村建设的使命不是救济农村或办模范村，而是"民族再造"，"中国今日的生死问题，不是别的，是民族衰老，民族堕落，民族涣散，根本是'人'的问题"。乡村建设运动就是为解决这一问题而兴起的。它之所以担负起民族再造的使命，是由乡村的重要地位决定的……

平教会没有停留在爱国的口号上，……据统计，在定县实验区工作过的人员，总计约四百人，每年在一百二十人以上，其中留学国外者约二十人，国内大学毕业者约四十人。总干事长晏阳初，是美国耶鲁大学政治学学士和普林斯顿大学政治学硕士。各部门负责人，也多是留学欧美及日本的博士、硕士。……其中，有的是著名作家、剧作家，有的任过大学教授，有的还做过大学校长。不夸张地说，凭借他们的资历，留在大城市过舒适的生活，乃至跻身仕途，谋取高官厚禄，绝非甚么难事。然而，他们毅然到生活条件较差的乡村去搞平民教育实验，这无疑需要超凡的眼光，超人的勇气，更需要付出超人的牺牲。

由城市来到环境恶劣的乡村，意味着常人难以想象的艰苦。……尤为困难的是，日常工作经费经常到了难以为继的地步。为此，晏阳初经常强调节缩开支，1935年晏阳初说："数年来敝会经费支绌，屡有核减，本年度职员薪给更属有减无增。"由于经费少，工作人员只能粗茶淡饭，外出办事连饭费津贴都没有，以致身体经常到了坚持不住的地步。1929年，晏阳初在致美国社会学家甘博（Sidney D. Gamble）的信说："李景汉的身体已彻底垮掉。这是由于他去年紧张的工作和一直待在农村并与其他同事一道吃粗粮的结果。"晏阳初本人何尝不是如此，他为了平教事业的发展，简直是"把死的精神做生的工作，和困难奋斗，至死方休"。

（引自李金铮《晏阳初与定县平民教育实验》，《二十一世纪》网络版2007年4月号）

——原谅我一口气详引了这么多"平教会"的史料。

我才忽然明白，原来耶鲁校方近年来在所在的纽海文市所推动的社区改造，走的就是当年晏阳初的"平教会"的道路（或许，晏阳初的"平教会"实践，就得自他当年在耶鲁获得的灵感）。近十数年来，耶鲁大学敞开大门雇用当地的黑人员工，同时又连年派出组织有序的大批学生，参与当地贫穷社区的改造和贫民子弟的义务教育，让我们这些"老耶鲁"们亲眼目击：纽海文这座全国著名的"犯罪之城"，在这样的社区参与和社区改造中如何脱胎换骨。眼前，我的这位耶鲁学生——这位灵秀娇嫩的华裔女孩子，果真，将会再一次从耶鲁走向中国乡村，成为新世纪、新一代的"晏阳初"么？

震撼我的，正是这么一点历史的相似性：原来，大半个世纪之前在中国土地上曾经轰轰烈烈最后又无疾而终的那场"乡村平民教育运动"，竟是由晏阳初等一大批留洋学生在回归乡土之后推动的；今天，小萱这样的华裔年轻人，即将要步上的，正是她们的耶鲁先贤曾经走过而未走完的——同样必定关山叠叠、困难重重的道路啊。

一整个学期，小萱一边认真修我的课，一边兴致勃勃地告诉我她的工作进展——她们已经联络到一个可以着手开始试点的中国北方乡村，组织起了海内外一些志同道合的力量，她的准备考耶鲁法学院的男友（也是我的学生），也会在这个夏天跟她一起到中国乡下去……

"事情总是一点点开始的，有了开头，就好办了。"小萱语气沉着地说，"我希望我在耶鲁还有两年，可以为这个计划打下一个可以后续运作的基础，让更多的耶鲁学生能够参加进来；我自己毕业后，就可以接着往前做。——苏老师，你祝我们好运吧！"

那天，期末请学生到我家里包饺子，告别的时候，小萱又一次跟我提起这个话题。我拥抱了她和她的男友，有一点送他们上路的意思，也有一种悲壮的感觉。以自己在各种中国泥沼、水火里打滚过来的历练，我当然知道，小萱们前路维艰，甚至从一开始，就需要做好失败的打算。一想到未来随时可能发生的夭折，将会怎样挫伤他们稚嫩生命的元气，我就感到隐隐的心痛。但是，我说不出任何一句泄气的话，消极的话；甚至连"注意身体""小心生病"之类的叮咛，都觉得有点太婆婆妈妈。也许因为，小萱并不是一个孤立的"个案"；日日面对耶鲁这些代表着新世纪新希望的莘莘学子——他们身上所传达的这种繁茂蓬勃、不可屈折的生命力，他们对自己、对中国充满的理想、希冀和期待，没有理由让我泄气颓唐，让我因循那条代表当今时尚的玩世遁世之道吧！

末了，写了这么一路不无针砭也不无灰暗的话题故事，让我再引一位耶鲁学生的作文，以作为这一组专栏文字结篇的一个"光明的尾巴"吧——

一个叫汪思远的女学生在她的题为《华裔年轻人的任务》的作文中，这样写道：

"对于中国的现代化和发展，我认为华裔的年轻人站在一个很特别的位置上。……英文里有一句话：'To those that much has been given, much is expected.' 就是说：对于曾经得到很多的人，期待也很多。因为我讲的这两组华裔年轻人有过这么特殊的经验，我们不能不接受自己在中国未来发展中需要扮演重要角色的任务。"

2007年5月4日，又是一个值得纪念的特殊日子，于耶鲁澄斋

原载《上海文学》2007年第6期

北大中文系叙录

温儒敏

————————

五院书香

五院是北大中文系所在地。在北大问路找"五院",人家不一定清楚,得问"静园六院"在哪?因为五院只是6个院落的其中一个,按顺序分别命名为一院、二院、三院,等等。这样简单的名字并不好听,不像朗润、蔚秀、镜春、畅春等那样能引起各种美丽的联想,所以也难叫得起来。不过本系老师同学都喜欢叫几院几院的。例如要去中文系,一般习惯说"去五院"。静园六院在燕园中部,东侧紧靠图书馆,往西是勺园,南边矗立着第二体育馆,三面包围的中间是北大幸存的大草坪。十多年前这里还不是草坪,是果园,每到秋天我还进园去买新摘的苹果。那时最大的草坪在图书馆东边,图书馆要扩建,把草坪占用了,学生抗议,校方只好派人把静园的果树砍掉,改造为草坪。六院就坐落在静园草坪的东西两侧,每边3个院落,一个挨一个。六院中的一至四院建于上世纪20年代,原是燕京大学女生宿舍。几年前国民党前主席连战从台湾回大陆访问，特地到一院寻踪，他母亲七十多年前是燕京大学的学生，曾寄宿于一院。燕京是教会学校，学生比较贵族化，每间宿舍只住一人，还有保姆侍候。五院和六院是后来加建的，这样东西各3座，显得对称完整。如今6个院落都是人文学科院系的所在地，自然和这种传统的风格也比较协调。草坪西侧是历史系、信息管理系（图书馆系）和社科部，东侧是俄语系、哲学系和中文系。6个院落的风格统一，院墙花岗岩垒砌，大门进去，左、右、前各一厢房，呈品字形，其间以环廊相通。都是二层，砖木结构，脊筒瓦顶，两卷重檐，青灰砖墙，朱漆门窗。近年北大新建了许多楼，大都是现代新式建筑，尽管也力图往传统风格靠，毕竟难得真味，在众多簇新楼宇中，六院更显出它独特的韵致。

中文系五院居东侧3座院落之中，坐东朝西。进单檐垂花朱漆院门，拾级而上，是个大院子。右边一古松，盘曲如盖，常年青绿。左边桃树几株，幽篁数丛。门内侧两花架，垂满紫藤，最引人瞩目。到春天，院门被一串串紫藤装点得花团锦簇。盛夏来了，枝繁叶茂的紫藤又把院门遮盖得严严实实，从外往里看，真是庭院深深。还有那院墙和南厢背阴屋墙上满布的"爬山虎"，也是五院的标志物之一。灿烂的时节在深秋，红、黄、绿三色藤叶斑驳交错，满墙挥洒，如同现代派泼墨。盛夏则整扇整扇的绿，是透心凉的肥绿。顶着太阳从外面踏进院门，绿阴满眼，顿生清爽，即便有烦恼也都抛却门外了。

踏过院子的石板小径，便到了正厢门，朝上看是两卷红蓝彩绘重檐，下为连排的朱漆花格门窗，庄重大方，进屋去，上为木雕天花横梁，下为紫红磨石地板，往左或往右都有环廊，再拐弯，是一个个分隔的小房间。二楼结构和地下大致相同。整个楼宇全由砖木构设，没有炫耀的装饰，却有内敛温和之氛围，让人亲切放松，毫无压迫感。

五院南侧还有一小门，出去，又一个园子，是后院，和哲学系所在的六院相通。后院毫无章法地长满了侧柏、加杨、香椿、水杉、石榴等各种植物。哲学系刘华杰教授曾很留心地做过调查，这里的植物种类居然达到三四十种，简直就是一个别有洞天的小植物园了。因相对封闭，平日少人问津，园子有些荒芜，却更显幽静。有时看书写字累了，到后院伸伸懒腰，活动活动，容易想起鲁迅笔下那个神奇而又温馨的"百草园"。五院北侧原来也是一个对称的园子，近年变成了停车场。可惜，可惜。

"文革"前北大中文系办公机构不在五院，在文史楼，"文革"中师生"三同"，一度搬到学生宿舍32楼。1978年10月我考取中文系的研究生，到学校看榜，还是到32楼。我正在门口张贴的复试告示上"欣赏"自己的名字，卢荻老师（当时她还在北大中文系，曾担任过毛主席的古诗"伴读"）从楼梯下来，向我连连"恭喜"。不过等我几天后正式报到，中文系已经搬到五院。算算，一晃，30年都过去了。

五院虽小，却用得上"谈笑有鸿儒，往来无白丁"一句。平时比较安静，外来联系公务或参观的不算多，来者多为本系师生。遇到学术会议、开学报到，或者研究生报考、复试、答辩，等等，就人流不断，甚是热闹。来中文系讲学的国内外学者名人多，讲座完了，都喜欢在五院门口照个相留念。暑期给外国留学生办培训班，世界各地留学生的身影在五院交织，中西合璧，华洋杂处，也是一种别致的风景。

五院两层不到30个房间，少部分是教务行政办公室、收发室，大部分是教研室，还有几间大一些的是会议室和报告厅。收发室原在东南角，里外两间，老师和学生来得最多的是此处，等于是中文系的中枢。20多年前，几乎每天都可以看到一位中等身材偏胖的老者，端坐其中，接待师生，他就是冯世澄先生。冯先生负责收发，兼做教务，说话细声慢气，谦和有礼，在系里日子久了，也熏陶得能舞文弄墨。冯先生记性极好，50年代后毕业的历届学生他几乎全叫得上名字，是中文系的活档案。好几部以北大为题材的小说，都曾把冯先生作为原型。那时老师收信拿报纸都要到冯先生这里。每天下午5点左右就看到王瑶先生骑着单车，叼着烟斗，绕过未名湖来到五院收发室，拿到信件转身就走。谢冕教授大致也是这个时辰来，也是骑单车，却西装革履，颇为正规，见到人就热情洋溢地大声招呼。而岑麒祥、陈贻焮、褚斌杰等许多教授多是步行来的，时间不定准，除了拿信，顺便打听消息、聊天散心。我不止一回看到陈贻焮、黄修己、汪景寿等先生斜靠在收发室椅子上，天马行空地侃大山。那时收发室就是老师们的联络站。这些年为了方便，在五院为每位老师设了一个信箱，还开辟了一间教员休息室，有沙发电视，香茶招待，可是来系里拿信兼聊天的反而少了。休息室经常都空着，只有一位打扫卫生的阿姨在里边打盹。五院一层东头竖立一排老师信箱，分隔成近二百个灰色铝制小柜，每人一个，许多响亮的名字就在那里展现，甚为壮观。这里倒是来人不断，偶尔见到有外来的文学青年、民间学者，甚至是上访者，往信箱里塞些材料，希望能求见名人，或者就某个问题要"打擂台"。他们大都心怀热望，个性执拗，渴求能引起关注，时来运转。

五院的重要组成部分是教研室。中文系有9个教研室（还有几个研究所和学术基地），每个教研室在五院都有一个专用房间。其格局多年不变，无非桌子板凳，三五书架，既没有"二十四史"，也不见字画墨宝，很是简陋。20年前，经常要组织政治学习，比如讨论某个领导的指示，或者报纸社论，起码一个月有一两回，老师都来这里碰碰头，发发议论牢骚什么的。有时也开全系老师大会，百十号人坐不下，就在走廊里凑合。记得有一回，某领导到五院传达上级什么文件精神，点名批判某北大教授的"自由化倾向"，刚说到一半，坐在楼梯旁一位白发老师噌的就站起来，激动而大声地发表自己不同的"政见"。那时我刚留校，对此举未免有些吃惊，但众多老师似乎见怪不怪了，觉得这很平常。这些年没有政治学习一类活动了，全系大会一学期也难得一两回，老师们爱来不来，不知何故大家是越来越忙，来五院少了，彼此见面都要电话预约了。

五院学术活动还是多，用时髦说法，是名副其实的学术"平台"。几乎每天都有各种学术讲座，或小班教学，在五院举行。门口有一告示牌，总贴满各种讲座的通告，同学们有事没事会到这里看看，选择有兴趣的听讲。即使是学界"大腕"要出场，告示也就是极普通的一张纸，说明何时何地之类，不会怎样的包装和张扬。也许名人讲座太多，在五院要"制造"所谓"轰动效应"是比较难的，但这不妨碍学术影响。1995年，美国著名的理论家詹明信（Fredric Jameson）就曾在二楼东北角的现代文学教研室"设坛收徒"。一张油光锃亮的厚木方桌，围坐十多位学生，用英文讲了一个学期，所谓"后现代主义"研究热潮，便从这里汹涌传播开去了。如今在美国当教授的唐小兵、张旭东、王心村等，名气不小了，当时都还是研究生，在这间房子里拜这个"洋教头"为师。类似的名流讲座在五院不知有过多少，可惜北大中文系历来大大咧咧的，也没有个记载。

也有些老师不喜欢在教室上课，就把教研室当做教室。袁行霈教授给研究生开的"陶渊明研究"很叫座，得限定人数，好开展讨论，在五院会议室正合适。谢冕教授主持的"批评家周末"，隔一段就邀请一些作家、评论家来讨论热点问题，学生自然也是热心参与者，那是沙龙式的文坛"雅集"。"子民学术论坛"是专为博士生开设的"名家讲坛"，汇集了学界各路顶尖的角色，常可见到各种学术观点在五院的交锋。有些学生社团，包括以创作为主的"五四文学社"或偏爱古风的"北社"，也不时在五院某个角落精心谋划。特别是研究生的Semnimer、开题、资格考试等，如果人数不多，大都在教研室进行。大家对五院都有某种自然的归属感。有些老师住得远，课前课后还是要到五院歇歇脚。

王理嘉、陈平原、周先慎等许多老师，好些天才来一次系里，拿到一大摞邮件就到教研室，可以先分拣处理。年轻教师住家一般比较窄小，有时也躲到教研室来，写字、看书或和学生谈话。

五院二层东侧原来有个资料室，藏书不多，是大路货，并没有孤本珍本之类，却是访学进修的学者常去之地。来访学进修的老师很多，而北大居住条件艰苦，有的还被安排到近处的小旅馆里，嘈杂不便，纷纷都到资料室来看书。资料室青灯棕案，有些暗，可是不像图书馆人多，非常安静，正好可以"躲进小楼成一统"。这里的书越积越多，怕楼板承受不住，早几年就搬到外边去了。空出的房间稍加修整，改成学术报告厅。系里有专用的报告厅方便多了，虽然布置没有什么新奇，只有简朴的讲台，八十多个座位。来访中文系的名家大腕总是络绎不绝，每学期少说也有五六十人，作报告一般就不用借教室了。不过这些年研究生、博士生多了，"考研族""旁听族"蹭课的也不少，报告厅常常坐不下。在外边找教室也不难，提前到教务部预约即可。大概由于五院的风味比较"学术"，老师们还是乐于在这里开讲。也有稍微麻烦的，记得有一回我邀请台湾诗人余光中先生来讲座，七十多人的报告厅挤进近150人，临时换教室来不及，许多人只好站在过道和讲台旁边听。人多热气高，余先生大受感动，更是情怀激越，诗意盎然，直讲到满头大汗，大获成功。和报告厅相对的楼下，还有一间小会议室，主要供开会或者论文答辩用。许多从这里毕业的硕士、博士生可能终生忘不了这个地方，因为他们答辩通过后便在这里和老师拍照，从此翻开人生新的一页。

顺着北边楼梯上去二楼，靠西一间稍大的，是会客室，也曾做过"总支会议室"。70年代末我们上研究生课时，每隔十天半个月一次的小班讲习，就在这里。每次都由一位研究生围绕某个专题讲读书心得，接着大家"会诊"，最后由王瑶、严家炎、乐黛云、孙玉石等导师总结批评，比较有见地的就指点思路，整理成文。记得钱理群讲"周作人思想研究"，吴福辉讲"海派作家"，赵园讲"俄罗斯文学与中国现代文学关系"，凌宇讲"沈从文小说"，等等。我也讲过老舍与郁达夫研究，每人风格各异，但初次"试水"，都非常投入。老钱一讲就是情思洋溢，以至满头冒汗；凌宇则声响如雷，气势非凡。当初讲习者如今大都成了知名学者，他们学术研究的"入门"，最早入的就是五院的"门"。

如今北侧楼上除了会议室，是几间系行政班子的办公室，面积窄小，好在朝南都有一排大窗户，推窗外望，花木扶疏，小榭掩映，倒也别有洞天。1995年，费振刚教授执掌中文系，拉着我担任系副主任，主管研究生工作。我没有单独的办公室，就和费老师及另外一位副主任三人合用一间。分给我的只有一张桌子，歪歪扭扭的。有时找研究生谈事，没有地方坐，就对站着说上几句，倒是可以节省时间。后来图书馆系（原在西侧地下一排）从五院搬出，中文系宽裕一些了，每位负责行政的老师才有单独的办公室。1999年我担任系主任至今，办公室一直就在西侧楼上紧靠东的一间（就是刚才说的詹明信教授讲学那一间）。说来我与这个房间有特殊的干系。1986年冬我赶写博士论文，那时家住畅春园51楼，筒子楼，房小挤不开，每晚只能到五院，就在这个房间用功。80年代北大不像现在热闹，即使周末晚上隔离的"二体"有舞会，11点钟差不多也就收场。夜深了，窗外皓月当空，树影婆娑，附近果园不时传来几声鸟叫虫鸣，整个五院就我一人在面壁苦读，是那样寂寞而又不无充实。我的第一本书《新文学现实主义的流变》，就杀青于此。想不到十多年过去，这里又做了我的办公室。

办公室十五六平方米，只能摆一张桌子和几个书架、沙发。我每天都要收到好多书刊，几年下来，房间就被图书占去一半，许多书刊上不了架，只好临时堆在地上。我又有个坏习惯，自己的书刊只能自己整理，怕别人代劳找不到，而自己又难得来办公室，结果一摞一摞的书都快把沙发给淹没了。不过，和师友交谈或者会见校内外文人墨客，甚至外宾，我都不太喜欢到会议室或咖啡馆，尽量还是在五院的办公室，尽管书堆得很挤很乱，端杯茶都不知放哪里好，但我知道读书人对书并不反感。

近十多年，北大多数院系都盖了新楼，每个教授有一间专用办公室，硬件大大改善。唯独文史哲等几个"穷系"没钱盖楼，教授也无地"办公"。校方发善心，决定拨款在未名湖畔建一座人文楼，专供几个文科系使用。请人设计了图纸模型，拿到系里征求意见，让大家选择式样，老师们好像不是特别有兴趣。2007年底新楼终于奠基了，很排场的仪式，校领导都来参加，校新闻网还专门发了报道。有"好事者"竟把报道转贴到学生网页，换了一个标题，叫做《五院的挽歌》，喜事成了"丧事"，有点"无厘头"。不过我能理解，他们是有些舍不得五院。几十年来，一代又一代学者在五院读书、讲学、交往，诸如王力、游国恩、魏建功、杨晦、袁家骅、吴组缃、季镇淮、朱德熙、王瑶、周祖谟、林庚、林焘、褚斌杰、徐通锵，等等，这样一批鼎鼎有名的学问家，以及来自世界各地的诸多大家名流，都在五院留下足迹。五院的书香味浓，文化积淀厚，五院承载着沉甸甸的中国文化分量，每位师生在这里都能勾起许多难忘的记忆，五院已经融入到生命中，有一种难于割舍的感情了。

新楼肯定比较现代而又宽敞，每人能有一间办公室也是早在期盼的，但中文系真的从五院迁到新楼了，也许又觉得还不如现在。在传统的优雅的五院自由出入，毕竟可以那样的随性自在。

五院人物

五院是北大中文系所在地，我在《书香五院》一文已有介绍，这里所说几个人物，都是中文系的老师，和五院都是有些干系的，所以就凑成一篇，叫做《五院人物》。

陈贻焮

陈贻焮先生没有教授的架子，胖墩墩的身材，很随意的夹克衫，鸭舌帽，有时戴一副茶镜，一位很普通的老人模样，如北京街头常常可以见到的。不过和先生接触，会感觉到他的心性真淳，一口带湖南口音的北京话，频频和人招呼时的那种爽朗和诙谐，瞬间拉近和你的距离。先生有点名士派，我行我素，落落大方，见不到一般读书人的那种拘谨。谢冕教授回忆这位大师兄总是骑着自行车来找他，在院子外面喊他的名字，必定是又作了一首满意的诗，或是写了一幅得意的字，要来和他分享了。一般不进屋，留下要谢冕看的东西，就匆匆骑车走了，颇有《世说新语》中的所说"乘兴而行，兴尽而返"的神韵。我也有同感。80年代末，陈先生从镜春园82号搬出，到了朗润园，我住进的就是他住过的东厢房。陈先生很念旧，三天两头回82号看看。也是院墙外就开始大声喊叫"老温老温"，推门进来，坐下就喝茶聊天。我是学生辈，起初听到陈先生叫"老温"，有点不习惯，但几回之后也就随他了，虽然"没大没小"的，反而觉得亲切。陈先生擅长作诗填词，在诗词界颇有名气。有一年他从湖南老家探亲归来，写下多首七律，很工整地抄在一个宣纸小本子上，到了镜春园，就从兜里掏出来让我分享。还不止一次说他的诗就要出版了，一定会送我一册。我很感谢。知道先生喜好吟诗，这在北大中文系也是有名的，就请先生吟诵。先生没有推辞，马上就摇头晃脑，用带着湖南乡音的古调大声吟诵起来。我也模仿陈先生，用我的客家话（可能是带有点古音的）吟唱一遍，先生连连称赞说"是这个味"。后来每到镜春园，他都要"逗"我吟唱，我知道是他自己喜欢吟唱，要找个伴，他好"发挥发挥"就是了。我妻子也是听众，很感慨地说，陈先生真是性情中人。

陈贻焮先生不做作，常常就像孩子一样真实，有时那种真实会让人震撼。据比我年纪大的老师回忆，"文革"中北大教师下放江西"五七"干校。一个雨天，干校学员几十人，乘汽车顺着围湖造田的堤坝外出参加教改实习，明知路滑非常危险，却谁都不敢阻拦外出，怕被戴上"活命哲学"的罪名。结果一辆汽车翻到了大堤下，有一位老师和一位同学遇难。陈贻焮本人也是被扣在车底下的，当他爬出来时，看见同伴遇难，竟面对着茫茫鄱阳湖，哇的一声大哭起来。"没有顾忌，没有节制，那情景，真像是一个失去亲人的孩子。他哭得那么动情，那么真挚，那么富于感染力，直到如今，那哭声犹萦绕耳际。"还有一件事，也是说明陈先生的坦诚与真实。到了晚年，陈贻焮的诗词集要出版，嘱其弟子葛晓音作序。葛晓音没有直接评论先生的创作艺术，而主要描述她所了解的先生的人品和性情。大概她是懂得先生一些心事的，当葛晓音把序文念给陈贻焮听时，先生竟像孩子一样哭出声来。葛晓音感慨："先生心里的积郁，其实很深。"

陈贻焮先生是一位有广泛影响的文学史家，长期从事魏晋南北朝隋唐五代文学史的研究和教学工作，在这个领域作出了重大的贡献。他的相关研究著作主要有《王维诗选》《唐诗论丛》《孟浩然诗选》《杜甫评传》《论诗杂著》，等等。尤其是《杜甫评传》，按照古典文学家傅璇综先生的说法，就是冲破了宋以来诸多杜诗注家的包围圈，脱去陈言滥调或谬论妄说，独辟一家之言。我对杜甫没有研究，拜读陈著时，只是佩服其对材料的繁富征引，又不至于淹没观点，特别是对杜诗作那种行云流水般的讲解，是需要相当深厚的功力的。在我和陈先生接触中，没有聆教过杜甫的问题。（他反而喜欢和我谈些郭沫若、徐志摩等）但有时我会想：先生为何选择这样一个难题来做？是否如他的弟子所言心里有很深的积郁？一个人一生如果能写出一本像样的甚至能流传下去的书，多不容易呀。先生对自己的学术成就显然有信心，但付出确实太多了。来镜春园82号聊天喝茶，在他的兴致中也隐约能感到一丝感伤。我知道正是在82号东厢这个书房里，陈先生花了多年的心血，写出《杜甫评传》，大书成就，而一只眼睛也瞎了。在旧居中座谈，先生总是左顾右盼，看那窗前的翠竹，听那古柏上的鸟叫，他一定是在回想当初写作的情形，在咀嚼许多学问人生的甘苦。

我在镜春园住时，经常看到陈贻焮先生在未名湖边散步，偶尔他会停下来看孩子们游戏，很认真地和孩子交谈。先生毕竟豁达洒脱，永远对生活充满热情。万万没有想到，2000年他从美国游历归来，竟然患了脑瘤。他在病床上躺了两年，受的苦可想而知。他再也没有力气来镜春园82号喝茶谈诗了。病重之时，我多次到朗润园寓所去看望。他说话已经很艰难，可是还从枕头边上抽出一根箫来给我看，轻轻地抚摸着。他原来是喜欢这种乐器的，吹得也不错，可惜，现在只能抚摸一下了。我想先生过世之时，一定也是带着他的箫去的吧。

吴组缃

吴组缃教授的小说写得很好。美国夏志清先生的《现代中国小说史》用笔非常吝啬，可是给了吴组缃专章的论述，认为其作品观察敏锐，简洁清晰，是"左翼作家中最优秀的农村小说家"，甚至设想如果换一种环境，吴是可能成为"真正伟大的作家"的。1978年我还在读研究生，看到夏的评论，很新奇，就找吴先生的作品来看，果然功力深厚，笔法老辣，很是佩服。一次在王瑶先生家里聆教，王说吴组缃不但小说写得好，对现代文学的研究也往往眼光独具，比如吴先生对茅盾《春蚕》的评价，认为老通宝这个人物塑造有破绽，虽然结论可以讨论，但其评论完全是从生活实际出发的，令人信服。据说北大中文系曾经邀请茅盾来系里讲学，茅盾说"吴组缃讲我的小说比我自己讲要强，不用去讲了"。我开始注意吴先生，在王瑶家里也有过一两次照面，印象中的吴先生是很傲气的，我听着他们说话，自然也不敢插嘴。倒是听过先生的一次课，是讲《红楼梦》的，在西门化学楼教室。来听课的人很多，坐不下，过道都挤满了，有人有意见，希望外来"蹭课"的把位子让一让，吴先生说没有必要，北大的传统就是容许自由听课。吴先生几乎不看稿子（只有一片纸），也没有什么理论架构，可是分析红楼人物头头是道，新意迭出。我们都慨叹：小说家讲小说又是另外一道风景！

真正与吴组缃教授有正面接触，是在我的博士论文答辩上。那是1987年春，在五院二楼总支会议室，除了导师王瑶，参与答辩的有吕德申、钱中文、樊骏和吴组缃等先生，都是文学史或文学理论研究方面的大家。王瑶先生叼着烟斗，三言两语介绍了我的学习情况，接着我就做研究陈述，说明是如何思考《新文学现实主义的流变》这一选题的。不料还没等进入下一程序，吴组缃教授就发言了。大意是作家写作不会考虑这个"主义"那个"主义"的，论文写这些东西的意思不是很大。吴先生就是这样不给"面子"。我一下子"傻了"：这等于是当头一炮，把题目都给否了嘛。我非常泄气。王瑶作为导师，自然要"辩护"几句，我都没有听进去，晕头晕脑出去等消息了。半个多小时之后，我进去等待判决，想不到论文居然通过了，还得到很好的评价。后来听说，吴先生表示他其实并没有细看我的论文，不过临时翻了翻，听了诸位的介绍，觉得还是可以的，又说了几句鼓励的话。这就是"批判从严，处理从宽"吧。不过事后想想，吴先生的批判不是没有道理的。研究思潮、理论，必须切合创作实际，否则可能就是无聊的理论"滚动"，"意思"的确不大。多少年后，我都记着答辩的那一身"冷汗"，它让我学到许多东西。

林 庚

林庚先生住在燕南园，老式平房，外观优雅，可是内里很阴暗，客厅里永远是那几个旧式书架，一张八仙桌，还有一个沙发，茶几上总是堆着他外孙的复习资料之类，一切都那样简朴。每次去看先生，总担心天花板上那块石灰块就要掉下来，建议找修建处来修一修。可是林先生说打从他搬来后不久就是这样了，劝我不必担心。我想办法找些让老人高兴的话来说，比如，看到街边小摊有卖他《中国文学简史》盗版的。我知道先生不爱钱，这消息倒是说明他的书至今影响大，甚至能进入平常百姓家。先生果然有些兴奋，便说起五十多年前他在厦门等地一边教课一边写书的情景。有时发现先生更感兴趣的是那些和文学不搭界的话题。我不止一次听他讲到年轻时在清华学过物理，还听他讲观看足球或篮球国际比赛的"心得"（可惜我不通此道）。先生是诗人，有些仙风道骨似的，对功名利禄很超然，也很低调，与世无争，反而健康长寿，返老还童。早些年每到春天，天空晴朗而又有一点风时，还能看见这位八九十岁的老者，在五院门口的草坪放风筝呢。

2000年，林庚先生要过九十大寿了。北大中文系历来能上90岁的好像不多，他就是我们系的老寿星了。系里想给老人搞一场比较像样的祝寿活动。古代文学教研室的老师说这是需要"动员"的。我和教研室一些老师便到燕南园去，先生不是很乐意，但最终还是答应了。祝寿会在勺园，开得很成功，来了近200人，真是群贤毕至，学校的书记闵维方等领导也到场了。我们向学校介绍说林先生和季羡林先生是同学，当年林先生在文坛的名气比季先生还大，领导就很重视。与会者大都是文坛与学界的耆宿，合影时连袁行霈教授这样的名人（他可称得上是林先生的入室弟子了），都"不敢"坐到第一排，可见规格之高。记得我在会上代表中文系发言，称先生"由诗人而学者，在文学史研究方面所达到的具有典范性的地位，是不可替代的。北大中文系为拥有这样出色的学者而自豪"。我还说先生诞生的1910年，正好是北大中文系正式建立的一年，先生是专门为着北大中文系而生的，中文系感谢林先生几十年辛劳和智慧所建树的卓越的业绩。那一天先生气色极好，还吃了蛋糕。

再有一次，是诗人兼企业家黄怒波先生捐款，促成北大诗歌中心成立，大家希望能邀请林庚先生出任中心主任。但先生多少年都是"无官一身轻"的，他能答应当这个主任吗？不是很有把握。那天我和谢冕、孙玉石、张鸣等几位老师一起，专门到林庚先生府上拜谒，向先生说明来意，没有想到先生说这件事"有意义"，很痛快就答应担任中心主任一职。诗歌中心成立后，扎扎实实做了许多事情，活跃了当代诗坛创作与评论，原因之一便是有林庚先生这棵"大树"。

先生过世的那天，我接到他家人电话马上赶到燕南园。先生已经躺在床上，身上盖着白布。家人说晚饭前还和人说话，感谢多年照顾他生活的小保姆，一下子就走了，那样平静。我看看先生，感觉他只是睡着了，甚至不相信这是一种不幸：诗人是很潇洒地到另外一个世界去了。

季镇淮

季镇淮这个大名，我上中学时就接触过，那是读那本北大版《中国文学史》留下的一点印象。到我上研究生时，对季先生就格外注意，因为听说他曾和导师王瑶教授同学过，都出自朱自清先生的门下。按辈分总觉得我们算是朱自清先生的"徒孙"，那么季教授就是我们的"师伯"了。1978年季先生还给本科生上过古代文学史必修课，稍后又开设"近代文学研究"专题研究，比较冷僻，据说选课者也不多。很可惜，我一直没有去听过季先生的课。我在五院或是去五院的路上常见到季先生，他满头白发，老是一套蓝色中山装，提着一个布兜书袋，动作有些迟缓，身板子却还硬朗。偶尔也到我们研究生住宿的29楼来过，大概是有事找他的学生吧。我见到季先生不好打搅，只是点点头表示尊敬，然后又会想象当年他和王瑶导师两人共选朱自清先生一门课的传奇。

后来季先生接替杨晦教授担任中文系主任，那时我已经留校任教了。季先生这个主任当得非常超脱，很少过问系里的事情，连开会也不太见得到他老人家，等于是"甩手掌柜"。也是一种风格吧。我只去过季先生家里一次，在朗韵园，冬天，那时先生身体已经不好，家里有些寒意，他躺在椅子上烤电炉。记得是谁托我给季先生转交一样礼品。我顺便向先生请教了一些关于晚清学界的问题。先生说"材料很重要"，是做学问的基础，让我记住了。

我与季镇淮先生很少接触，但有一事印象极深，终生难忘。1981年夏天，北大中文系"文革"后招收的第一届研究生要毕业了，我们都在进行紧张的论文答辩。同学中有一位是做"南社"的，是季先生指导的学生。此君住在我宿舍隔壁，文才出众，读书极多，有点"名士派"味道，我们过从甚密，常在一起聊天，许多问题都向他请教。季先生与他这位学生的关系也挺融洽的。可是这位同学的"南社研究"准备得比较仓促，大概也单薄一些吧，季先生很不满意，时间不够了，那时没有延期答辩一说，怎么办？要是现在，可能凑合过去算了。可是季先生不想凑合，又必须尊重程序，便打算邀请中国社科院的杨某做答辩委员。杨某专攻近代史，对南社很有研究，但当时还没有高级职称，按说不能参与答辩的。大概季先生认为懂"南社"的行家难找，而随便找一位专家又怕提不出具体意见，就亲自到学校研究生处询问，看能否破格让杨某参与答辩。研究生处回答说：您认为可以就可以了。答辩时杨某果然提出许多尖锐而中肯的意见，并投了反对票，结果差2票论文没有通过。事后那位同学有些委屈，说杨某反对也就罢了，为何导师也是反对票？我实在也有些同情。此事在同学中引起了震动。

多年后，我看到黄修己老师在一篇文章中谈到此事，说事后有人提及这次否决性的答辩，季先生对杨某投反对票还是很赞赏。有意思的是，杨某也是季先生的学生，1955年上海地区1000人报考北大中文系，季先生负责招生，从中挑选了10人，就有杨某。对杨某来说，季先生有知遇之恩了，如今被恩师请来答辩，却又投恩师学生的反对票。而季先生呢，也不会因为师生关系不错，或者其他非学术因素，就放宽论文答辩评价的尺码。1981年我们那一届中文系研究生（6个专业）19

人答辩，居然有3人没有通过，确实非常严格。这种事情大概也只有在秉承学术尊严的环境中，才能得到理解。

顺便说，我那位没有拿到学位的同学，也尊重这种严格的学术裁决，并不自暴自弃，后来到南方一所大学任教，兢兢业业，终成正果，成为近代文学研究的一个名家。

原载《粤海风》2008年第3期

师大忆旧

格 非

校 园

华东师大由原大夏、光华和圣约翰大学合并而成，其校园旧址最早可以追溯到百余年前一个名叫"丽娃栗妲"的村落。20世纪初，这里原是上海远郊的一处荒僻之地，吴淞江改道后留下一段废河，早期的西班牙侨民缘河而居。另一个传说因其戏剧性而流传更广：一位名叫"丽娃"的白俄女子因失恋而自沉河中，"丽娃河"由此得名。它使这条河平添了些许胭脂气，为人所津津乐道。不管怎么说，到了上个世纪30年代，这片郊野之地已成为沪上游人踏青远足的绝佳处所。茅盾先生的小说对此曾有记述，我也曾从旧报刊上见过几帧小照：身穿旗袍的摩登女郎浓妆艳抹，泛舟河上，明眸皓齿，顾盼流波，其笑容在岁月的流转中与相片一并漫漶而灰暗。

不过，到了我来师大读书的1981年，这个园子固然早已不复旧观，只是流韵所及，仿佛亦能从花树亭阁之间嗅到往昔的一点颓败和妖媚。那时的校园空旷寂寥，远没有后来那般喧嚣。我记得出了学校的后门，就是郊农的菜地和花圃了，长风公园的"银锄湖"与学校也只有一墙之隔。校园的西南角还有一处空军的雷达站，虽近在咫尺，却让人可望而不可即，犹如卡夫卡笔下的城堡。丽娃河畔树木深秀，道路由红碎石镶铺而成，高低不平，曲径通幽。后来，学校为了使那些谈恋爱的野鸳鸯无所遁迹，在河边安装了亮晃晃的路灯，碎石路也改为水泥通衢，颇有焚琴之憾。

南方的春天特别长。几乎是寒假刚过，迎春花、金钟、梅花和樱花即于绵绵春雨中次第开放。当一簇簇迎春花披挂下细长柔软的枝条，沿着长长的丽娃河岸迎风怒放之时，满河的碎金的确令人沉醉。不过，要说起校园的花事胜景，我以为最让人难忘的莫过海棠。海棠妙品凡四，校园竟然有其三。荷花池边丛植的贴梗海棠花开如紫袍，朱红色的花朵如火欲燃，且直接开在铁灰色的枝条上，此花亦有"铁脚"之称；垂丝海棠有"解语花"之名，在校园里更是随处可见。花蕊红中透着粉白，丝丝缕缕，摇曳多姿。而图书馆前的那几株高大的西府海棠则最有风致，色若胭脂，雍容绰约，丝垂金缕，葩吐丹纱……

常听人说，校园草木葱郁，风光宜人，足以供人游目骋怀，消愁破闷，但妩媚有之，峻朗不足，对于艰苦卓绝的"治学"一途不太相宜。

刚一进校，我们即被高年级的同学告知：成为一个好学生的首要前提就是不上课。他们的理由是：有学问的老先生平常根本见不着，而负责开课的多为工农兵学员，那些课程听了不仅无益，反而有害。这种说法当然是荒谬绝伦，且有辱师辈，但我们当时少不更事，玩性未泯，不知学术为何物，自然喜出望外，奉为金科玉律。当时校园中"六十分万岁"的口号甚嚣尘上。这一口号中还暗含着一种特别的荣辱观：考试成绩太好的同学，往往被人看不起。好在老师们大都宅心仁厚，从不与学生为难，我们即便不去听课，考前突击两周，考个七八十分并非难事。

在我的印象中，开头几年倒也消停，虽说表面上游手好闲，晨昏颠倒，饱食终日，无所事事，只是作为所谓"名士风度"的一种装饰而已，其实暗中也知道惜时用功。到了80年代中后期，随着各种各色的娱乐风行，校园内游人如织，草坪上东一堆、西一堆坐满了嬉笑玩闹的情侣，一到周末，全校的十几个跳舞厅同时开放，叮咚叮咚的乐声昼夜不息，人的心总浮着、悬着、躁动着，自然又是另一番气象了。

诗人宋琳曾将师大校园比作麦尔维尔笔下的大海：一旦鲸群出现，自然惊涛骇浪，不免忙碌一番，等到风平浪静时候，正宜哲人参禅悟道。师大的校园生活恰恰就是这样的节奏：我们读起书来，亦能废寝忘食、手不释卷，甚至通宵达旦；而一旦懒散起来，要么是终日高卧酣睡，要么是没魂地在校园内东游西荡，不知今夕何夕。

读　书

既然我们都养成了逃课的恶习，并视为理所当然，有时闲极无聊，免不了在校园里四处闲逛。我和几个喜欢植物的同学一起，竟然以一个月之功，将园子里所有奇花异草逐一登记在册。我们的辅导员是过来人，眼看着我们游手好闲虚掷了大好光阴，虽然忧心如焚却苦无良策，他倒没有采取什么强制性的措施让学生重新回到课堂，只是嘱咐我们假如玩累了，不妨读些课外书籍而已。正好系里给我们印发了课外阅读书单，我记得在一百多本的书目中竟没有一本是中国人写的，至于什么濂、洛、关、闽之书，更是不入编者的法眼。好在鲁迅先生"中国的书一本也不要读"、吴稚晖"把线装书全都扔到茅厕坑里"之类的告诫我们早已铭记在心，自然不觉有任何不当。

有了这个书单我们倒是没日没夜地读过一阵子。等到心里有了一些底气之后，便迫不及待地去找人论道去了。那个年代的读书和言谈的风气，似乎人人羞于谈论常识，我们去跟人家讨论《浮士德》《伊利亚特》和《神曲》，对方露出鄙夷的神色是十分自然的；而为别人所津津乐道的拉格洛芙和太宰治，我们则是闻所未闻，只有自惭形秽的份儿。一位著名作家来学校开讲座，题目是列夫·托尔斯泰，可这人讲了3小时，对我们烂熟于心的三大名著竟然只字未提，而他所提到的《谢尔盖神父》《哈吉穆拉特》《克莱采奏鸣曲》，我们的书单上根本没有。最后，一位同学提问时请他谈谈对《复活》的看法，这位作家略一皱眉，便替托翁惋惜道："写得不好。基本上是一部失败的作品。"

后来经过高人指点，我们才知道那个时代的读书风气不是追求所谓的知识和学术，而是如何让人大吃一惊，亦即庄子所谓的"饰智以惊愚"而已。当那些高深、艰涩、冷僻的名词在你舌尖上滚动的时候，仿佛一枚枚投向敌营的炸弹，那磅礴的气势足以让你的对手胆寒，晕头转向难以招架；而当你与对手短兵相接时，需要的则是独门暗器，以己之长克敌之短，让对手在转瞬之间成为白痴。

我们班有一个来自湖北的瘦高个，言必称《瘦子麦麦德》，显得高深莫测。通常他一提起这本书，我们就只能缴械投降了，因为全班除了他之外没有第二个人知道那是一本什么样的书。直到大学三年级，我在图书馆阅览室的书架上竟然一下发现了3本，可见这并不是什么冷门书。还有一个著名的校园诗人，是学自然辩证法的研究生，常来中文系找人过招，张口闭口不离他的两本葵花宝典：要么是《老子仍是王》，要么是《佩德罗·巴拉莫》。这人常爱戴着一副墨镜，无论到哪儿，身后似乎总跟着一大群崇拜者，害得我母亲一见到他，就断言此人是个流氓。说来惭愧，我至今还没有弄清楚《老子仍是王》是一本怎样的著作，而《佩德罗·巴拉莫》则毫无疑问是伟大的经典。

即便是在那些令我们仰慕不已的青年教师中间，也是同样的风气。有专攻"中国文化全息图像"的，有专攻"双向同构"的，还有专攻什么"永恒金带"的等，不一而足，基本上只有他们自己才会明白他们的理论从何而来。研究弗洛伊德的，"性冲动"三字总是挂在嘴边，研究克尔凯戈尔的，自然不把卡夫卡放在眼里，而研究"第三次浪潮"的，言谈举止之中仿佛就是中国改革蓝图的制定者。最奇妙的一位学者，是研究"否定本体论"的。因为他天生拥有否定别人的专利，但凡别人与他争论什么问题而相持不下，他总是大手一挥，喝道：否定！此利器一出，人人望风而逃。我们最喜欢的当然是研究神秘主义术数的学者，根据这位仁兄的研究，不仅鸡可有三足，飞矢可以不动，石头最终可以抽象出"坚白"这样的玩意儿，而且据他考证，李白的《蜀道难》本来就是一部剑谱，起首的"噫吁嚱"就是一出怪招……

不过，我们很快也有了自己的独门秘笈。那就是袁可嘉先生编译的《外国现代派作品选》。那本书刚刚出版，人人都处于同一起跑线上，循着他的纲目和线索我们找到了更多的卡夫卡、博尔赫斯、卡尔维诺，如《外国文艺》《世界文学》《外国文学动态》《译林》，还有一些同学不知从哪里弄来的内部参考白皮书。不管怎么说，我们总算建立了一个小小的属于自己的根据地。每与人接谈，对手往往不明所以，那种满脸疑惑和自责也让我们有了吴下阿蒙让人刮目相看的喜悦。我们自己的这个小圈子被称作现代派。

可是好景不长，1985年之后读书风尚又一次大变。我们渐渐悲哀地发现，通过"现代派"去吓唬人已经没有了当年的震慑效果，读了几本小说就想谈学问，当然为博学风雅之士所不齿。静下心来一想，人家的鄙薄也不是没有道理，小说之外尚有戏剧、诗文诸门类；文学之外尚有艺术、历史、哲学、音乐、宗教；人文科学之外尚有社会科学和自然科学……于是我们的读书除了原来的唯新、唯深之外，又多了一个"杂"字。

我们在狂读威尔斯的《世界史纲》之余，也曾去历史系旁听青年史学会的新史学沙龙，不料，人家研究的学术水平已经发展到了曾国藩身上有没有牛皮癣这样高深的程度，我们自然无权置喙。中文系学生成天将《万历十五年》挂在嘴上，而历史系的名门正派根本不屑一顾。其他的学科也是如此，你只读了一本《重返英伦》，就想跟人家去讨论什么社会学的研究方法；读了一本《新唯识论》，就想去讨论佛教，其结果自然是自取其辱。哲学系的那个圈子更为混乱，搞胡塞尔的瞧不起维特根斯坦，研究阿多尔诺的往往指责海德格尔不过是一个纳粹，我们只懂一点儿可怜的萨特，可人家认为萨特根本不能算作哲学家……

由于特殊的政治和社会氛围，那时的很多书籍和影视作品都属奢侈品，全本的《金瓶梅》自然就不必说了，就连齐鲁书社的节本也很难弄到。我为了阅读刚出版的《柳如是别传》，几次到上海图书馆寻访，最后还是一无所获。而为了看安东尼奥尼的《放大》，两百多人围在电教中心的大教室里。十四英寸的电视屏幕雪花飘飞，一片模糊。也有许多书籍在邮寄中传递流转，我记得台湾版安德烈·纪德的《窄门》传递到我的手中时，同时有六七个人在等着阅读，而分配给我的时间只有两个小时。

回想80年代的读书经历，本科阶段未有名师指点，学业谈不上根基，缺乏系统，流于浮杂，浪费了太多大好光阴，每思及此，莫不深惜三叹。可看看如今的大学校园诸学科各立壁垒，功利性和工具理性都已登峰造极，又颇为今天的学生担忧。古人说，"一物不知士之耻"，80年代的读书风习固然有值得批评和检讨的地方，但那种"一书不知，深以为耻"的迂阔之气也有其天真烂漫的可爱之处。

清　谈

说起学校的演讲、报告会和各类研讨会的盛况，恐怕与别处也没有什么不同。等到我们这些后知后觉者听到风声，赶往某个地点，往往早已人满为患，有时甚至连窗户外和走廊里都围了好几层。几次碰壁之后，加上性格懒散或孤僻，我们就假装不喜欢去这样的场合凑热闹。总是在事后听人说起李泽厚如何如何，李欧梵如何如何，汪国真如何如何；谁与谁抢话筒而大打出手，谁因为连续五次要求发言被拒，最后血压升高，当场昏厥……这就好比自己错过了一场电影而只能听人复述故事梗概，其失落和后悔可想而知。

也常有校外的名人来我们宿舍闲坐。陈村来，多半是来找姚霏。我那时与姚霏相善，也时常有机会聆听陈兄教诲。陈村为人厚道，却也锦胸绣口，幽默风趣，往往清茶一杯，闲谈片刻而去，不给人任何的压抑感和心理负担。马原来，动静就要大得多，而且一来必要住上数日，他与李劼先生过从甚密，前后左右通常是围着一大群人，有认识的，有不认识的，也有似曾相识的。马原看似木讷，实则能言善辩，极有机锋，我曾见他与人激辩竟夕而毫无倦容。

余华来上海改稿，常到华东师大借宿。永新、吴亮、甘露诸君便时来聚谈。王安忆也来过数次，记得一年冬天的午后，她在我的寝室里略坐了坐，就觉得寒气难耐，便执意要将她们家的一个什么暖炉送给我。她给了我镇宁路的地址，也打过电话来催，不知何故，我却终于没有去取。

到了80年代末，来华东师大的人就更多了，连远在福州的北村也成了这里的常客。不过，只要北村一来，清谈往往就要变成"剧谈"了。苏童认为北村是中国新时期文学中真正的"先锋派"，此话固然不假——他在80年代的小说佶屈聱牙，连我们这些被别人称为"晦涩"的人亦望而生畏，但在我看来，80年代那批作家中，若要说到善谈能辩，大概无人能出其右。更何况，此人来自盛产批评家的福建，反应敏捷，擅长辩驳，当年流行的各类理论、术语和复杂概念无不烂熟于心，且颇多发明。他有一句名言，叫做"真理越辩越乱"。话虽如此，可每次与他一见面，几乎是喘息未定，便立即切入正题，高谈阔论起来。语挟风雷（当然也有唾沫星子），以其昭昭，使人昏昏。往往到了最后，他自己也支撑不住了，双手抱住他那硕大的脑袋，连叫头痛，方才想起来还有吃饭这回事。

华东师大的白天倒还清静。大家忙于各自的生计和写作，很少往来。可到了晚上，各路人马就会像幽灵一样出没，四处找人聊天。套用龚自珍的话来说，"经济文章磨白昼，幽光狂慧复中宵"。那时候朋友间聚会聊天，通宵达旦是常有的事。我记得到了凌晨两三点钟，大家翻过学校的围墙去餐馆吃饭时，竟然还常常能碰见熟人。

师大有各色各样清谈的圈子，既私密，又开放。当时的风气是英雄不问出处，来之能谈，谈而便友，友而即忘。中文系聊天的圈子相对较为固定，不是吴洪森、李劼处，就是徐麟、张闳、宋琳等人的寝室。

李劼处去得相对较多。他年纪轻轻即声名显赫，且交游广泛，他的寝室照例是高朋满座，胜友如云，大有天下英雄尽入彀中之势。只是到了后来，他在门上贴出了一张字条，规定凡去聊天者必须说英文之后，我们才有点望而却步。因担心不得其门而入，倒是下狠心苦练了一阵子英语对话。一年下来，李劼的口语程度已经足以在系里用英文上课了，我们却没有什么长进。我记得有一次，我和同事利用系里政治学习的间隙尝试用英语交谈，尽管我们彼此都听不懂对方在说什么，居然也能滔滔不绝。坐在一旁的外文专家王智量教授也只好假装听不见，苦笑而已。

在80年代诸师友中，我与洪森聊得最多，最为相契，得益也最多；而最让人难忘的则是徐麟的茶会。

徐麟是安徽人，身材壮硕，学问淹博，其言谈极富思辨性。在他那儿，常能见到王晓明、胡河清、张氏兄弟（张闳和张柠）、毛尖、崔宜明诸人。所谈论的话题除文学外，亦兼及哲学、宗教、思想史诸领域。唯独谈及音乐或遇某人兴致高涨欲一展歌喉之时，徐麟往往表情严肃，一言不发。我们私下里都认为此君不擅此道，或者简直就是五音不全。没想到有一天，他老人家忽然高兴起来，随手抓过一把已断了两根弦的小提琴，竖着支在腿上权当二胡，像模像样地拉了一段刘天华的《除夕小唱》，把我们吓了一大跳。

每次去徐麟那儿聊天，王方红女士总要央我带她一块去。她对于我们的谈话未必有什么兴趣，因她总抱怨说，听我们说话脑仁儿疼。她频频催促我"去徐麟那儿转转"，恐怕只是垂涎于徐麟亲手泡制的柠檬红茶而已。

在北风呼啸的冬天，每有聚会，徐麟必然会用美味的"徐氏红茶"招待各色人等。烹茶用的电炉支在屋子中央的水泥地上，煮茶用的器皿十分简陋，多为大号的搪瓷碗，而饮茶的杯子则为形状、大小不一的酱菜瓶子。茶叶似乎也很一般。据说，徐麟总能搞到上好的祁门红茶，可我们每次去，他那珍贵的祁红总是不幸"刚刚喝完"。不过，即便是再廉价不过的红茶末子，他也能烹制出令人难忘的美味红茶，其关键或许在于柠檬的制作。有人透露说，新鲜的柠檬买来之后，要洗净并切成小薄片，撒上白糖，在玻璃容器中密封十多天，不知真假。

很多年后，我们调往北京工作，王方红仍会时常念叨起"徐氏红茶"。她也变着样尝试了多次，我喝着庶几近之，她却总说不是那个味儿。我就开玩笑地对她说：你所留恋的，莫非是那个年代的特有氛围？世异时移，风尚人心，早已今非昔比，徒寻其味，岂可再得？

写 作

记得在大学三年级的时候，华师大校报编辑部曾组织过一个全校性的"小说接龙"游戏。参加者除了在校本科生和研究生外，还有几位已毕业的作家校友助阵。这次活动具体有哪些人参加，什么题目，写作的顺序如何，究竟写了些什么，如今早就忘了。只记得参加者被邀至编辑部的会议室，大致定下题材和故事动机，由某位作家开头，随后十几个人依次接续，由校报分期连载。我前面的一位作者似乎就是大名鼎鼎的南帆先生，因为总担心将人家的构思写坏掉，颇受了数日的失眠之苦。

华东师大中文系有一个不成文的规定：凡是今后从事于文学理论研究的学生，必须至少尝试一门艺术的实践，绘画、音乐、诗歌、小说均可以。本科生的毕业论文也可以用文学作品来代替。我不知道这个规定是何人所创（有人说是许杰教授，不知是否真确），它的本意是为了使未来的理论家在实践的基础上多一些艺术直觉和感悟力，可它对文学创作的鼓励是不言而喻的。一直到今天，我都认为这是华东师大中文系最好的传统之一。我因为没有绘画和音乐的基础，只得学写诗歌及小说。

另外，那时有太多的闲暇无从打发。所谓"不为无益之事，何遣有涯之生？"至少我个人从未想到过有朝一日会成为"作家"，或去从事专业创作。《陷阱》《没有人看见草生长》等小说，完全是因为时任《关东文学》主编的宗仁发先生频频抵沪，酒酣耳热之际，受他怂恿和催促而写成的。而写作《追忆乌攸先生》是在从浙江建德返回上海的火车上。因为旅途漫长而寂寞，我打算写个故事给我的同伴解闷。可惜的是，车到上海也没有写完，当然也就没给她看，此人后来就没有了音讯。回到上海不久，就遇到王中忱、吴滨先生来沪为《中国》杂志组稿，此稿由中忱带回北京后竟很快发表，我也被邀请参加了中国作协在青岛举办的笔会。

《迷舟》写出来之后，在很长一段时间内也只是在几个朋友间传看而已，我并没有将它投往任何一家刊物。后来吴洪森先生看到此文之后，便将它推荐给了《上海文学》。没过多久，我就接到了《上海文学》周介人先生的一封亲笔长信。周先生的来信充满了对后辈的关切，但却认为《迷舟》是通俗小说，而《上海文学》是不发表通俗类作品的。洪森得知《上海文学》退稿的消息后大为震怒，甚至不惜与周先生公开绝交。为一篇不相干的稿件而与相知多年的朋友断交，在今天看来似乎有点不可思议，可据我耳闻，类似的事情在那个阔绰的年代里并不罕见。我是一个比较消极的人，若非洪森执意劝说我将《迷舟》转给《收获》的程永新，此稿很有可能现在还在抽屉里。不过，现在想来，周先生当年认为《迷舟》是通俗小说，也不是没有他的道理，因为这个故事原来就是几个朋友在草地上闲聊的产物，甚至我在文中还随手画了一幅两军交战的地形图（后来，《收获》发表此文时竟然保留了这幅图，令我最感意外，亦大为感动）。何况，他作为名闻全国的重要杂志社的负责人，认真处理了稿件，并给一个初学者亲自写来长信予以鼓励，对洪森而言，也不能说没有尽到朋友的义务。最让我难忘的是，《迷舟》在《收获》发表并有了一些反响之后，周介人先生特地找我去他的办公室谈了一次话。他坦率地承认当初对《迷舟》处置不当，作为补偿，他约我给《上海文学》再写一篇小说（这就是稍后的《大年》）。当时谈话的情景，在他故去多年之后，至今仍让我感怀不已。

“游戏性”一词，在批评界讨论80年代的文学创作时曾屡遭诟病。坦率地说，那个年代的写作确有些游戏成分，校园写作更是如此。当时很多作家都有将朋友的名字写入小说的习惯。今天的批评界动辄以“元叙事”目之，殊不知，很多朋友这么做，大多是因为给作品中的人物取名字太伤脑筋，也有人借此与朋友开个玩笑。当然，别有用心的人也是存在的。有位作家对某位批评家的正当批评衔恨在心，竟然将他的名字冠之于某歹徒，而这个歹徒最终被我公安干警连开十余枪击毙。有时，作家也会将同一个名字用于不同的小说，比如，有一段时期，马原小说中的人物不是“陆高”就是“姚亮”，而北村小说则频频出现“王茂新”“林展新”这样的人名。记得我曾向北村当面问过这个问题，北村的回答让我很吃惊：他每次从厦门坐海轮来上海，来的时候是“茂新”号，返程则是“展新”号。

一年春天，中文系全体教师去昆山和苏州旅游。系里派我和宋琳去打前站，联系住宿和吃饭等事。我们临时又拉上了正在读研究生的谭运长。我们3个人办完事后投宿于昆山运河边的一个小旅馆里。那晚下着雨，我们几个人无法外出，又不甘心待在房间里，就下楼和门房的服务员聊天。女服务员因为要值夜班，正觉得时光难耐，也乐得和我们几个人胡侃。后来，谭运长忽然就想出了一个主意：我们3个人各以动物为题材写一篇小说，以午夜12点为限，完成后依次到门房朗诵给服务员听，最后由她来评判，分出一二三名。宋琳当时已经是驰誉全国的著名诗人，且一直看不起小说，自然不屑于这类"残丛小语"，但被逼无奈，只得勉力为之。

　　我记得谭运长写的是《袋鼠旅行记》，似乎是写孔子骑着袋鼠周游列国，最终抵达了"银坑"地方，而引出一系列的传奇。在朗读过程中，服务员笑得趴在桌子上浑身乱颤，始终没能抬起头来。宋琳因根本不会写小说，只得胡写一气。一看他的题目，也觉得怪怪的，叫做《黑猩猩击毙驯兽师》，和他的老乡北村一样，驯兽师居然也叫"林展新"。这篇后来发表于《收获》的小说处女作，让他尝到了写小说的甜头，此后又陆续写出了《想象中的马和畜养人》等作品，在校园里传诵一时。

　　如今在给学生上写作课时，常被学生"如何写作"这类大问题所困扰。在不知从何说起的窘境中，往往以"乱写"二字答之。我这么说，并不是开玩笑或有意敷衍。废名在谈及杜甫和庾信的"乱写"时，是在试图说明一个高妙的写作境界，当然难以企及；可对于初学者而言，要想彻底解放自己的想象力，抛开毁誉得失，"乱写"也实在是一个必不可少的训练过程。

原载《收获》2008年第3期

遥远的北大

杨牧之

————

一

　　看了吉林人民出版社刚刚出版的《未名湖之恋》，我真高兴。书里收了三十四位作者写的三十八篇文章。这些作者我都认识，虽然有的不很熟，但都是北大中文系1961年入学的同年级同学，也不陌生。他们的文章，情真意切。文章散发出来的蓬勃才气，文章蕴含着的美好感情，让我顿生敬意。我很遗憾，在一起读书的时候怎么没有和他们多接触、多聊聊？他们毕业后，各奔东西，大都从坎坷艰难中获得成绩，过得很充实。像马以钊，过去我和他一个宿舍住过，也知道他爱好民乐，但哪里知道，今天他从琵琶中得到那么多快乐和享受。他们全家每人都会一两种乐器，女儿、女婿、老伴和他，四个人组成一个家庭乐队。去美国小城戴维斯探亲，给邻居演奏，美国邻居连称中国文化神奇。他们这个家庭乐队出了名，戴维斯有什么活动，经常请他们去演出。你看，他们没写小说，没当作家，没当官，不也生活得快乐、适意吗？还有史孝勇，学中文的，到了大沽盐场，与专业毫不沾边，却工作生活得有滋有味，还能及时发现总结化工生产方面的经验，得到化工部表扬，向全国推广。真了不起。汪炎，上海人，毕业后分配到陕西省剧目工作室。他去了没几天，工作室也成了与作协、文联一样的裴多菲俱乐部，被斗倒砸烂。几经折腾，还因为关照他是刚毕业的北大学生，安排到了秦岭深处的安康。他说："此生进了秦岭深处的安康，我也没打算再出山，我也出不了山了，从安康到西安，坐长途汽车，要走两天的盘山路……"但他在那大山深处，却写出了《情系汉江》《雪缘》等优美的散文，没有定心，哪来定力，何来文章？"文化大革命"结束后，汪炎在西安见到了写《创业史》的柳青。汪炎问柳青："你还认识我吗？"柳青看了看，笑了，说："咋能不认识呢，你不就是一毕业就钻到裴多菲俱乐部的那个北大学生吗！"宋柏年文章里的一个逸事，让我想到他的遭遇，感慨万千。他说：当我在三十二楼（过去的三二斋，中文系男生宿舍）前拍照的时候，一位女生从我身旁走过，她好奇地问我："连这个普通的旧楼也要拍照？"柏年说："她哪里知道，这个普通的旧楼里，有我的青春、有我的理想，有我终生难忘、刻骨铭心的一千四百六十个日日夜夜。"柏年因为学校安排他去做留学生工作，提前一年毕业，所以他在三二斋只住了四年。他的这些话，只有我们这些同学，我们这些和他同时在三二斋度过那如火如荼的大学生活的人，才明白它的分量。

他们是好样的，让我感动。如果现在有人问我有什么愿望的话，那就是给我们机会，让我们这些同学聚会一起，畅叙过去和现在。

二

同学们的这些文章，勾起我对往事的回忆。说心里话，回忆起北大，我怎么就没有那些同学的那种自豪和得意呢？回想起北大的学生生活，一种郁闷，一种不愉快，便会油然而生。所以，毕业以后，我很少参加北大同学聚会，不论是中文系的，还是班级的。

当然，我这种心情也并不是一考上北大就有的。如果是那样，我又何必千辛万苦报考北大，去冒一旦考不上北大就可能落到二类学校的风险呢？

刚入北大时，我们的生活快乐而单纯。

参观北大校园，湖光塔影，林荫曲径，雕梁画栋，竹绿枫红，美不胜收。这里是蔡元培纪念碑，那里是胡适之讲课的教室，司徒雷登的办公处，马寅初演讲"人口论"的地方……北大是文化圣地，是文化史的浩大卷帙。北大的校园那么美又那么大，我自己都不相信，这就是我的大学，这就是我即将接受高等教育的学校？一霎时，我觉得每一个能到北大读书的人都是幸运的人，都是蒙受了上天的恩泽。在这样的环境中不好好学习，真是对不起国家，对不起学校，对不起父母。这可以说是我进入北大后还没有开始上课，不用谁教育，就产生了的第一个"信念"。

在迎新会上，教授林立。杨晦、游国恩、吴组缃、魏建功、林庚、王力、周祖谟、王瑶、季镇淮、朱德熙……久闻大名，一睹尊颜，让人目不暇接。大语言学家王力教授代表教师讲话，其中的一句话至今我还记得，他说："得天下英才而教之，不亦乐乎？"先生的这一句话，当时让我们这些年幼无知的学子内心顿感骄傲。今天回想起来，实在可笑。但正是这种骄傲，陪伴我们五年大学生活，让我们在走上社会之后仍然记着自己的责任和使命。

再一个当时让我们快乐的是北大的图书馆。据说北大图书馆当时的藏书量居全国第二位，那就是说除了北京图书馆，就是北大图书馆了。我到办公楼的总馆借书，只见台灯一盏挨着一盏，每盏台灯下面都有一个人在埋头读书。那种安静，那种全身心投入伏案攻读的气氛，让我感到一种庄严、幽深和神秘。我想，学习就是庄严、幽深和神秘的事，必须严肃对待。

我到文艺图书阅览室（不知为什么当时叫文艺图书出纳台），一排一排文艺作品，古今中外，完全开架，任你随意选读。上大学一二年级时，我下了课几乎天天先去那里看书，不用借走，倚在书架旁一看一两个小时，忘掉时间和肚子咕咕叫的烦恼。当时，我曾为我的学校有这样的图书馆而感到自豪。我所读过的中外名著，大约都是那几年在这个阅览室读的。有时，时间晚了，阅览室要关门了，为了明天能接着看，我就把我读的书放到别人不易发现的架子的最高处，第二天下了课，到那里拿下来再读。

最让我感到温暖的是文史楼阅览室。那可以说是我们中文系，还有历史系专用的阅览室。举凡文史方面的重要图书一般都有，使用起来很是方便。阅览室的管理员李鼎霞老师，总是笑容可掬，耐心和蔼，借阅图书时，你有什么问题，她总能给你解决。你找不到的书，她总能帮你找到。即便你找的书借出去了，她也会作下记录，一旦那本书还回来，她就立即通知你来借阅。后来，我知道李老师也是大学毕业，她却能安心为学生服务，帮学生借书还书找书，真让人感动。可以说，我们中文系里哪个人能为国家为人民作出一点贡献，都包含着她的帮助。多年之后，我又知道她就是我所熟悉的著名学者白化文先生的夫人，不怕白先生不高兴，刚认识白先生时，我是因了李老师而尊敬白先生的。

说到教我们的老师的水平，我们真是得天独厚。

魏建功先生，他是著名语言学家。他主持编辑了《新华字典》，至今已印刷十版、三四亿册。抗战胜利后，为了清除日本帝国主义在台湾五十年奴化教育的影响，促进台湾回归祖国，他响应号召，毅然去台湾推行国语，创办《国语周报》。20世纪60年代，他积极参与文字改革工作，主持完成了《汉字简化方案》，编成《简化字总表》。这样的先生，亲自给我们讲《文字、音韵、训诂》课，我们是何等幸运！记得一次他给我们讲今古音的区别，古人如何吟诵诗文，便吟诵起《醉翁亭记》来。随着那抑扬顿挫的吟诵，眼里流出了泪水，先生进入作者塑造的境界里去了。至今我还记得魏先生当时的音容笑貌。

还有，给我们讲现代文学史的章廷谦先生。他的笔名叫川岛，光听名字还以为他是日本人。他戴礼帽，拿手杖，脸红红的，胖，走路有点喘，讲起课来，东拉西扯，哪天鲁迅吃什么，哪天郁达夫又怎样了，"冰心大姐"如何如何，一堂课直到还剩下一二十分钟了，才拿起讲义念一遍。我们当时都挺有意见。但章先生讲的那些逸事，恰好补了课本的不足。今天想想，正是章先生"侃"的这些杂七杂八的逸事，烘托了20世纪30年代中国文坛的气氛。那都是宝贵的文学史资料啊。这个课，还非他这个亲身经历者讲不可。

为了让学生开阔眼界，学校还常常请外面的专家、学者、作家、诗人来讲课。我印象最深的是请老舍先生来给我们年级上写作课。他讲的题目叫"叙述与描写"。他说，叙述描写要给人留下深刻印象，必须有点睛之笔。比如，一锅白菜汤，本没什么吸引人的，先点上几滴香油，味出来了，再撒上一些香菜，色出来了，这锅白菜汤色香味俱全，谁不想喝一碗？又比如描写北京的风，从西北刮来，遮天盖地，是一种情况；再写风从门缝窗缝钻进来，弄得屋内到处是土，又是一种情况；再说这风吹得炉子上的豆汁锅锅沿上一圈黑……这个风的强烈、讨厌，就出来了，又有了北京的地方特点。

好的报告太多了，杜诗专家肖涤非，地理学专家侯仁之，东方学专家季羡林，美学家朱光潜、宗白华，相声大家侯宝林，《艳阳天》的作者浩然，群星灿烂。音乐指挥家李德伦讲解交响乐，十分生动。他一边讲，一边介绍各种乐器演奏的风格特点，还请乐器演奏者一一示范。今天回想起来，可以说，每一个讲座在我们眼前都展示了一片新的蓝天，一个新的世界。

那时我们生活虽不富裕，但却不缺少快乐。早晨到大饭厅，买上一个馒头，一碗玉米面粥，夹上一点北京咸菜丝，一点儿也不觉得苦。我们多半是先把粥喝光，然后把咸菜夹到馒头里，一边走一边吃，为的是赶早到图书馆能占上一个座位。

上课的时候大家精力十分集中，但是到十一点半以后，常会有同学把带到教室的碗袋，碰到地下。碗勺掉到地上的声音，会引得教室里一片会意的笑声。老师知道，那是催他别讲了，该吃饭了。老师便顺乎民意，笑笑，合上书本，说一声下课。

逢年过节时，大家就把饭菜打回宿舍，因为食堂加菜，一个宿舍五六个同学的菜放到一起也是很丰盛的。大家再自掏腰包买些酒来，无非是很便宜的葡萄酒、水果酒、啤酒。记得大学二年级时的新年聚餐，是我有生以来第一次，也是唯一一次醉酒。因为是每个人掏钱自己买来的酒，所以各式各样，每样儿都不多。我喝了水果酒，又喝葡萄酒，还喝了啤酒。杂七杂八头就晕了。室长让我去关门，手晃了半天，怎么也抓不住门把手，最后只好用身体把门顶上，自己也摔倒在门前。吃喝完了，我们开始晚会，有人拉二胡，有人弹琵琶，有人敲碗，有人击打筷子……等着新的一年零点零分全校团拜的钟声，等着校长在团拜时的祝福。

看看，这是多么快乐，多么无忧无虑的大学生活啊！如果五年能一直这样下去，我们集中精力、踏踏实实地能学到多少知识、多少本领！我们的大学生活该是怎样的惬意！

三

但是，十分可惜，这种气氛不知怎么就没有了。

1962年的下半年，我们年级发生了一件事。文学班的一个同学从图书馆借来了1957年《人民文学》的合订本，其中有丰村的《美丽》、宗璞的《红豆》。他觉得写得很美，文笔也好，就推荐给同班同学看。这个同学看完之后，立刻感到问题严重，告诫那位同学说：这两篇小说完全是宣传小资产阶级情调啊！要知道，那个年头小资产阶级情调是非常严重的问题，是无产阶级所不取的。接下来老师知道了，就找他谈话，跟他说：这两篇小说作者，一个是右派，另一个虽非右派，问题也不少，你竟然欣赏这样的小说，和这样的大毒草产生共鸣，你要检查一下你的世界观，尤其是要联系你的家庭出身检查。

这样一说，给了这个同学当头一棒。老师让他联系他的家庭出身检查，可不是随便说说的。原来这个同学的父亲新中国成立前是个商人，新中国成立初定的成分是资本家。在报考大学时，他的父亲本来不让他报北大，说，就是分数够了你也不会被录取。没想到还真考上了。已患了肺癌的父亲十分忧虑地对儿子说："到学校后，一定要尊重师长，和同学搞好关系，你要记住：你的家庭出身不好。我的病也许等不到五年后你毕业的那一天，等你走上社会，你仍然要牢牢记住：你的家庭出身不好。"这位同学说，本来对这个家庭出身我十分坦然，学校不是再三说家庭出身是不由自己选择的，关键是自己的努力吗，所以填什么表都是如实填写。这件事发生后，对他震动极大，他说："这时我才感受到父亲话的深刻含义。再思量父亲的嘱咐，那些话真的深入到我的脑海里，渗透到我的骨髓中了。"我们听他这么说，心里都很不是滋味。直到今天，一想起他的那些话，我就会想到佩戴在海丝特·白兰太太身上的"红字"。

这件事也给大家敲了"警钟"。因为私底下，大家早在盛传，什么毛主席说小说《刘志丹》是大毒草，"是利用小说进行反党"，是"一大发明"。大家开始感到紧张，开始感到校园里并不是那么简单。

也巧，很快又发生一件事，再一次震动了大家。有位同学举报，有的人在食堂吃白薯竟然扔皮，这不是资产阶级生活作风吗？于是全年级各班，都开生活会。这次不仅仅是出身不好的人要检查了，每个人都要检查自己有没有资产阶级生活作风，每个人都回忆自己是否吃白薯时扔过皮。

我还记得一件事。一次，我们在饭厅外面的台阶上坐着吃饭。恰好，一辆大粪车在我们前面过。大家纷纷端着碗走开。我说了一句："嗬，真臭！"坐在我旁边一起吃饭的一位同学说："你怎么能这么说话呢？没有粪臭，哪有馒头香？你没种过庄稼，种过你就觉得粪香了。"虽然至今我也没觉得粪香，但当时我确实觉得自己缺乏劳动人民感情。

这样的事不断发生，而一旦发生这类事情就要和阶级斗争，和世界观、小资产阶级感情联系起来。要想认识深刻，还得从"和平演变"，"堡垒从内部攻破"这方面去深挖。学校里的气氛越来越紧，渐渐地大家做事说话都十分谨慎，十分小心了。

一天，事情终于在我身上发生了。这件事成为留在我心上经久不去的烙印。

入大学时，正值三年困难时期，吃不饱饭。学校领导怕学生累坏了，实行劳逸结合，每天晚上九点多，大家就已经上床了。那么早就躺在床上，睡不着干什么呢？两件事，一是开精神饭馆，大讲什么菜好吃，谁的家乡有什么特色食品，讲的直咽唾沫。二是讲鬼的故事。我是个没有故事的人，小的时候，七岁上学读书，从不到野外玩，有数的一次，和一些大孩子去野外捉鸟。回程时，大孩子们钻进高粱地，寻找瓜园。我家乡的西瓜、香瓜都种在高粱地或者玉米地里，为的是不易被外面过往的人发现。我们钻进地里，很快就发现了一块香瓜地。大孩子们马上下手，我也跟着摘。怕农民发现，大孩子摘了几个，很快就跑了。等发现别人都跑了，我还没有找到熟的瓜。我以为看瓜的人来了，吓得我扔下刚摘的一个，拔腿就跑。等我追上大家，看到人家嘴里吃着，手里还拿着，我则两手空空，什么也没有了。既没吃着瓜，还吓得发抖。

这样一个人，苍白得很，有什么故事？等听到人家讲得津津有味时，我突然想起中学时我的一个好朋友讲过的一个故事。

说的是抗日战争时期，一个山沟里的战地医院，住了很多伤病员。到了夜深人静大家睡着时，会有一个黑影进入病房。第二天，睡第一张床的病号就失踪了。一个月居然发生了好几起，总没破案。派人暗中守着，也没有事，可天一亮，大家醒了，又少了一个人，闹得谁也不敢睡第一张床了。说完这个故事，谁也没吭声。我也觉得瘆得慌，马上说，这是听中学同学讲的，肯定没什么鬼。

……还是一片寂静，也许是大家年轻，怕鬼，也许是困了，该睡觉了。突然一个声音发出来："什么鬼故事！你这是宣传迷信，攻击革命战士！你没有起码的科学精神，根本不配做个共青团员！"宿舍里更寂静了。起初，我还以为是在开玩笑，但在一片寂静中，我顿时明白了，这是在批判我。

"你凭什么这么说？凭什么扣帽子？我早就说了，听别人讲的……"

我的嗓门很大。其实，我这是辩解，说自己讲这个故事并没有恶意。也许别人在这种情况下会选择不吭声，忍耐着让激动过去。我却选择了为自己申诉，而且申诉得像似跟批评我的人吵架一样。时间已是夜里十一点，其他房间里其他班的同学都过来看究竟。这事情真闹大了。今天，我已经经历了世事沧桑，回想当年，真是太经不住事了。可是当时真是怕成为开会批判的对象啊。

这以后，想不到的事情就发生了。我记得最清楚的是，很快我就被取消了听党课的资格。据我观察，我们那时要求入党的人有四种待遇：一是写了入党申请书的；二是写了入党申请书又可以听党课的；三是写了入党申请书被确定为培养对象的；四是最高档，被定为重点发展对象的。本来我已进入二档，是可以听党课的了，讲了鬼的故事后，我又退到了第一档。

"祸从口出"啊，我又想起得到和我类似"待遇"的一个同学。他因为说了郭沫若先生一句话，也受到严厉的批评。郭老在他的自传体随笔《我的童年》中说：一天，他在园子里看到堂嫂两只手掌带着海棠花的颜色，突然起了一种美的念头，想去触摸嫂子的手。但终没敢走去实现。我们班这个同学说：郭老怎么能这样想，太不好了！其实，郭老是说他自己十岁前后，由于身体的变化，就有了性的觉醒，转而提醒家长对孩子要有科学的教育。这个同学也是书生议论，并无他意，但却为此受到批评。因为那时郭沫若先生是人大常委会副委员长，便批评这个同学丑化国家领导人。

但那时，我们都还是头脑简单的学生，没有社会经验，一心想着"路遥知马力，日久见人心"的古训。我还乐观地相信，清者自清，时间会证明我是一个正直无他的人的。

可是，事情并没有像我想的那样发展，直到毕业，我也没晋升到可以听党课的档次，更谈不上成为培养对象了。其实，今天想想，当时整个社会都是那样，一个小环境里的往事前尘又算得了什么？哪个人，包括我们自己，都生活在这个环境里，都受这个环境影响，用当时那种思维、眼光看事看人。这是时代造成的。只是那时我还没有认识到这一步。

1987年，我终于入党了。在支部大会上，支部党员在发言中特别赞赏的我的一个优点是：能经得住组织的考验。证据是从1962年提出入党，到1987年，二十五年坚持不懈地争取入党。

四

话再说回来。时间已经到了1963年，我们进入大学三年级。这时，针对国民经济三年困难的"调整、巩固、充实、提高"的八字方针已不见有人谈，"千万不要忘记阶级斗争"已经成为公开的口号，一个一个"阶级斗争"的严酷事例让这个口号深入人心。学校里开始了"阶级斗争必须年年讲，月月讲，天天讲"的日子。"红与专"的问题已经上纲到无产阶级与资产阶级争夺接班人的高度。有的同学不敢当众看书，怕被当作"白专"的典型。有的同学寻找人迹罕至的地方去攻读书本。我们年级一位同学，在他回忆那段生活时说："我观察我班同学到总馆借书的很少，寒暑假不回家的同学也很少，因此，平时我就躲进总馆攻读藏书，寒暑假不回家，留在学校读书。总之，要尽量不让其他同学发现我在读书。我要给人留下欠红也欠专的平庸印象，这样既不冒险也不危险。"学生读书要躲起来，努力学习都成为有风险的事情，就是那时校园里的现实。

不久，1964年，北大又开展"梳辫子，抱西瓜"的社会主义教育运动。所谓"梳辫子"，就是把自己的错误问题理出来梳成辫子；"抱西瓜"，就是要抓自己的大问题，抓"西瓜"，不要净说"芝麻""蒜皮"的小事。这次运动是直截了当地针对每一个同学。做法是要求同学们之间开展批评与自我批评。自己检查，群众揭发，人人过关，严肃教育。一时间人人自危，矛盾由此而生。就我个人看，"文化大革命"开始后，班级里分为天派、地派，并不完全是对国家大事的政治观点形成的，而是班内矛盾的体现。这些人进了"天派"，那些人就成了"地派"。学校生活成为很揪心的日子，"同窗"这一词完全变了味道。

后来，就是去农村参加社会主义教育运动（"四清"运动），清理干部的"四不清"问题。"梳辫子，抱西瓜"之后，学校说，你们要到阶级斗争中去经风雨见世面，你们要在实践中念好阶级斗争这本书。那是我第一次到长江边上的古荆州地区，虽然不是江南，但已经是紧挨长江边了。稻田、竹园、小河、池塘、鱼鹰、炊烟，房东大哥大嫂……让我这个北方青年，感到十分亲切，在校园里绷了两年多的弦轻松下来。四清工作队领导及时发现了我们的情绪，马上组织开会，再三强调，这里不是世外桃源，千万不要忘记在这美好、平静下面潜伏着激烈的阶级斗争，但农村的这一切，仍然让我感到清新、亲切。

在江陵的十个月社教运动给我很多教育、很多收获，但对我教育最深的是：以后做什么事都要记下来，尤其是涉及钱财的事。我还记得和我一起工作的地方县干部说：拿破仑说过，钱财大事不能马虎。这话是否是拿破仑说的，我不知道，但当时这话的真理性对我确是正中下怀。因为"四清"运动清干部，就是让他们一天一天回忆今天干什么了，昨天干什么了，前天干什么了，在哪开会，吃的什么，和谁在一起，一年前、两年前、三年前的情况都要如此回忆，要说清楚，甚至要一直追溯到他上任那一天。后来，我曾问过和我们一起在江陵搞社教运动的地方县里的干部，"四不清"干部他们怎么能把每一天的活动都记得那么清楚？地方干部说，瞎编呗，哪个季节，开什么会，吃什么大体差不多。他们不是第一次搞运动了，他们有经验，会对付。但是，我还是牢牢记住，做了什么事，尤其涉及钱财大事，一定记录清楚，保留下原始单据。

汲取这个经验教训，确实让我尝到了甜头。1988年，我从中华书局调到新闻出版署图书司工作不久，赶回老家给父亲办丧事。刚回来就有人举报我，说我办丧事住高级宾馆，让当地新闻出版局出钱。我立即把保存好的和弟弟们一起住招待所的发票交给组织看，发票上写着：四个人一间房，每晚一人五元九角钱。

唉！生活教会了我们多少经验啊！

写到这里，我想起我的一个同班同学的结局，很难过，一定要写下来。我一直认为她就是这样教育的牺牲品。

这位同学是一位电影大导演和著名演员的女儿。"文化大革命"开始没多久，大导演被打成反动权威，斗倒斗臭。她就改姓母姓，另起新名。她的新名叫着不方便，我们总叫她石力。

她是一个年轻、聪明、充满理想的女孩子。还记得1963年的时候，三年困难已到了尾声。北大校园渐渐活跃起来。在食堂大厅，周末的晚上常有舞会，跳的是交际舞。那时的舞会还是很小规模、很少的人中间的事。我们年级的几个男生，爱热闹，穿上不知是父亲还是叔叔的旧西服，上衣左边的口袋里还露出手帕的一个角，很像那么回事，挤在舞厅的门口想进又不敢进。

石力也是舞会的热心参加者，记得她穿的是西服裙。因为那时这是很时髦的服装，所以我印象深刻。后来，在"文化大革命"中，她努力脱胎换骨。到干校，战天斗地，她心里想着自己出身反动权威家庭，决心与家庭划清界限，走与工农兵相结合的道路，不做"资产阶级小姐"。她默默地、自觉而刻苦地改造自己。干校后期，我早已调回北京，听说她嫁给了外省一家工厂的工人。

1988年冬，我去那里开会，会上的工作人员告诉我石力工作的单位离我住的宾馆不远。会后，我去看她。她十分高兴，眼里溢出兴奋的光彩。她下班了，我说，到我住的宾馆坐坐。她说，好，正好顺路。她推着自行车，一路走一路聊。几次眼眶发红。后来，她说时间晚了，家里婆婆孩子等着，不坐了，得赶紧回去。分手时，我又见她眼眶红了。我以为她远在离家千里之外的地方，难得见到老同学，一种激动，便挥手告别。还对她说，有机会带着孩子到北京玩。

不过半年，石力的朋友来北京开会，告诉我石力没了！我大惊。朋友说，她早晨上班，刚出家门，胡同里飞驰过来的摩托车把她撞翻，从此再没有醒过来。她一句话没说，留下了两个还没到上学年龄的孩子。

我又想起我出差看她和她说话时她那红红的眼眶，想起她的改姓更名，决心走与工农兵相结合的道路……不知什么缘故，想到石力的遭遇，我总会想到《红楼梦》里探春的远嫁，但那是因为什么，她又是因为什么？

想起这些事，我们的心情能够怎样？唉！

五

尽管如此，北大仍然是我一生中十分重要的旅程，是一段没法忘记的岁月。今天，它已经十分遥远了。可是，检视我的一生，它又是那样贴近。艰难郁闷的日子培养了我们奋斗的意志和与人为善的情怀。

我们得努力，不辜负深厚、渊博、求新、向上的北大。

我们得与人为善，让那些阴郁的日子不要再来。大家携起手来，共同面对生活的重压，享受生活的美好。

面对蝇营狗苟，琐琐碎碎，我懂得了，快乐的秘诀就是在生活中要充满梦想；成功的秘诀就是不屈不挠地前行，不管什么声音，什么脸色，想着让梦想成真。

从江陵的农村社教运动回来不久，"文化大革命"就开始了。因为北大有聂元梓的一张大字报，更为热闹。那以后十年的日子大家都差不多了，我无需再写。

原载《北京文学》2009年第11期

阅读大学的六种方式

陈平原

————————

　　进入正题之前，我先讲一个小故事：普法战争结束的时候，普鲁士首相俾斯麦指着面前走过的学生告诉大家，我们能打赢这场战争，不是因为我们的士兵，而是因为我们的学生。一个国家之所以强盛，关键在学校而不是军队。这话，一百一十年前被康有为拿来呈给光绪皇帝，借以呼吁朝廷广开学堂，以养人才。假如你承认，中国的现代化事业是从教育改革起步的，那么，这个意义上的教育，应该是"大教育"，而不是管理学或方法论等"雕虫小技"。在我看来，所有关注现代中国命运、理解其过往的山重水复与柳暗花明、期待未来能更上一层楼的读书人，都应该关注中国大学的命运。今天想从六个不同的角度，同大家聊聊大学问题。

一、作为"话题"的大学

　　今日中国，关于大学的历史、现状、功用、精神等玄而又玄的话题，竟成为中国人茶余酒后的"谈资"，这在古今中外教育史上，是绝无仅有的奇观。对此，我曾作出自己的解释：第一，中国大学正面临着痛苦的转型；第二，正因为不稳定，有发展空间，公众发言有时还能起点作用。其实，还有一点同样不能忽略——今天中国的大学，不再是自我封闭的象牙塔，而是用某种夸张的形式，折射着转型期中国的所有"疑难杂症"。在这个意义上，谈"中国大学"，就是谈"中国社会"，不可能不牵涉盘根错节的问题。

举个例子，大家都很关心"大学扩招"的后遗症，这事从一开始就不是纯粹的教育问题。据教育部2007年3月7日发布的统计报告，2006年全国普通、成人本专科教育共招生七百二十四万余人，增长幅度有所回落，由2005年的百分之十七点一降至2006年的百分之十一点三，下降近六个百分点；2006年全国各类高等教育在校生总规模达到二千五百万人，高等教育毛入学率达到百分之二十二。虽说招生规模在逐年控制，但惯势已经形成，中国大学生规模天下第一，乃不可逆转的事实。

高等教育毛入学率大大提升，这是个好消息；可高校扩招背后，蕴藏着风险。贷款扩招，扩招再贷款，如果财务危机没能得到很好解决，最后的结局，很可能是财政埋单。还有看不见的隐患是，校园里熙熙攘攘一如百货市场，再也不是原先那清高孤傲的象牙塔了。

以前关于大学的新闻，主要出现在教育版、科技版、文化版上，偶尔也会在时政版露面，现在不一样，不少大学教授或有关大学的新闻，竟然在娱乐版出现，其风头一点不让影视明星。曝光率是大大提高了，可我觉得，这对大学形象是一种损害。现在传媒热炒的，有些是大学的失误，但有的不是。举个例子，中国人民大学在餐厅墙角装了部电梯，被媒体劈头盖脸地批了一通，成了"奢侈浪费"的典型。可实际上，餐厅里装电梯，方便行动困难的老教授，没什么不对。除非是施工中出现贪污受贿或工程质量问题，那应该追究。在我看来，公众并不太关心事件本身的是非曲直，而是借题发挥，这就有点冤枉了。

二、作为"文本"的大学

既然大学是个热门话题，每个人介入这一话题，都有自己的"前视野"。我也不例外。我所关注的是有关大学的"传说""神话"与"叙事"等。我认为，真正对大学传统起延续乃至拓展作用的，是校园里广泛流传的大学故事。假如一所大学没有"故事"可以流传，光靠那些硬邦邦的规章制度，那是很可怜的。在这个意义上，关于大学的书籍、图像和文字材料、口头传说等，乃校史教育的关键。

我曾说过："今天谈论大学改革者，缺的不是'国际视野'，而是对'传统中国'以及'现代中国'的理解与尊重。"在我看来，大学需要国际视野，同样需要本土情怀——作为整体的大学如此，作为个体的学者也不例外。可以这么说，"中国经验"，尤其是百年中国大学史，是我理解"大学之道"的关键。

为什么热衷于谈"大学史"，那是因为，我相信中国的大学不可能靠单纯的横向移植，是否理解并尊重百年来中国大学的风雨历程，将是成败关键。为什么倾向于从"传说""叙事""神话"入手，那是因为，我将百年中国大学的"历史"，作为文本来解读，相信其中蕴涵着中国人的智慧。所谓文本，可以是正儿八经的校史，可以是丰富但芜杂的文献，也可以是五彩缤纷的故事传说、人物传记等。别有幽怀的论者，大都喜欢用人物或故事来陈述自家见解，那样更可爱，更有亲和力，更能"动之以情，晓之以理"。

就拿五四新文化运动的主将、曾任北大校长的胡适来说吧，他也喜欢讲大学故事。查《胡适留学日记》，1911年2月，胡适开始关注"本校发达史"；4月，阅读康乃尔大学创办人的传记资料；4月10日，开始撰写《康南耳君传》，8月25日文稿完成，9月3日修订，9月22日在中国学生组织的中国语演说会上演讲。此文1915年3月刊《留美学生季报》春季第一号。上世纪60年代初，胡适在台重刊此文，还加了个"自记"，说明当初的写作状态。此传就写"康南耳君"平生两件大事：创办北美洲电报事业和康乃尔大学。文中称："当其初建学校时，常语白博士曰：吾欲令人人皆可于此中随心所欲而求学焉（此语今刊于大学印章之上）。及其病笃，犹语白博士曰：天不能假我二十年，再赢一百万金，以供大学之用耶。嗟夫，此语滋可念也。"文后模仿太史公："胡适曰：若康南耳君者，可谓豪杰之士矣。"这种志向与趣味，与其日后问学从政时，均取"建设者的姿态"，大有关联。在我看来，凡有志于教育事业的，都是理想主义者。因为，做教育事业，需要长远的眼光，而且坚信只要耕耘必有收获。

当然，所有的"文本"，因其开放性，容易导致阐释的歧义。立场迥异的文化人或政治家，对同一个故事，有截然不同的解读方式。不像逻辑严密的理论文章，关于大学的"故事"或"传说"，因其如落英缤纷，大有自由驰骋的想象空间。这个时候，何为"正解"，何为"误读"，何为"借题发挥"，需要研究者认真辨析。

三、作为"象征"的大学

谈论作为"象征"的大学，最理想的例子，是西南联大。在烽火连天的抗战期间，竟然有那么多年轻的学生和饱学的教授，聚集在大后方昆明，潜心读书著述，探索真理，追求民主与正义，确实了不起。

抗战中西南联大的"弦歌不辍"，实称得上中外教育史上的一个奇迹。这些年来，出版了不少校史资料以及研究著作，还有很多回忆录、日记、散文、随笔、小说等，这些读物，给普通读者很大的震撼，让我们日渐进入西南联大的历史情境，包括其日常生活、政治激情、文学课堂以及学术环境等。这其中，一对师生，沈从文和汪曾祺，给我们提供了联大文学教育的精彩场景。

汪先生追忆西南联大的三篇文章，第一篇《泡茶馆》，第二篇《西南联大中文系》，第三篇《沈从文先生在西南联大》，都是妙文。"泡茶馆"是当时自由自在的大学生活的象征，在那个特定状态下，泡茶馆给了学生们阅读、思考、讨论、创作的自由，文章最后一段说，泡茶馆对西南联大的学生来说，第一，养其浩然之气；第二，茶馆出人才，不是穷泡，不是瞎聊，茶馆里照样读书；第三，在茶馆里可以接触社会，让你对各种各样的人，各种各样的生活发生兴趣。《沈从文先生在西南联大》是为北大八十周年校庆而作。老北大和西南联大是一脉相承，汪曾祺写文章时，特别强调联大老师讲课从来没人干涉，想讲什么就讲什么，想怎么讲就怎么讲。

沈从文是汪曾祺的老师，在当年的西南联大，属于不太被重视的"年轻教师"。我特别感慨的是，沈从文先生把他对小说的感觉，对文学的想象，带到当时中国的最高学府中来。1940年8月3日，沈从文在西南联大师范学院作了一个演讲，题目叫《小说作者和读者》，我关注的是下面这段话："好作家固然稀少，好读者也极为难得！这因为同样都要生命有个深度，与平常动物不同一点。这个生命深度，跟通常所谓'学问'的积累无关，与通常所谓'事业'成就也无关。"文学博士或文学教授，不仅不见得就一定能写出好文章，且未必能够欣赏好的文学作品。大学里设有中文系、外文系，很多人专攻"文学"，但这不表示好作品的读者增加，也不见得就有助于对作品理解的深入。这是一个文学教授的话，当然，他是一个另类，是一个有丰富生活体验的作家。

汪曾祺说，西南联大培养出来的作家不是很多，但沈从文先生那样的教学，突然让你悟出来，不是作家能不能培养，也不是文学能不能教，而是怎样"教文学"才有效。作家沈从文，以其独特的教学方式，把"文学教育"的问题推到我们面前。

四、作为"箭垛"的大学

有这么个笑话：某同学到外地大学找朋友，朋友不在，隔壁的同学一听说是北大博士生，立刻把他赶出来，还说：你不说北大我还不生气，你一说北大，非让你马上离开这里不可。这故事弄得北大的留学生很紧张，不知道出门该如何应对，是否需要乔装打扮。我说，没那么严重，这笑话背后，是很多人对北大爱恨交加，故喜欢拿北大"开涮"。

这所在中国、在国际上都有很高知名度的大学，今天备受各种"道德诉求"以及"流言蜚语"的困扰。在我看来，这些批评，有的切中要害，有的则未必。

举个例子，最近媒体在炒北大科技园区建五星级酒店的事，主要批评中有这么两条：钱都用来建酒店，怎么支持"本科基础教育、维系学术的正源与本色"？其实，建酒店的钱，是科技园区自己筹集来的，是一种企业投资行为，根本不可能转而用来支持本科教学。有趣的是，在校园附近建酒店，好多大学都有类似的举措，而且开业在先，未见纷争。为何轮到北大，就引起这么大的风波？背后的原因是，公众不满中国大学近年来的表现：学术水平没有多少提升，而校园建筑却越来越富丽堂皇。正是这一点，使得很多人对大学"有气"，于是，只好拿北大"说事"。一些对北大的批评，也许不够准确，但背后的问题意识，却具普遍性。

记得上世纪20年代，针对五四新文化运动后北大声誉如日中天，胡适说过："暴得大名，不祥。"一直到今天，还有很多人将北大视为"精神乐土""文化圣地"，绝不允许北大"堕落"。这种"决绝"的姿态，让北大人感动，也让北大人为难。承受这么多的"关爱"，其实是很累很累的。就好像李清照的词："只恐双溪蚱蜢舟，载不动，许多愁。"现实生活中，北大不可能如此"纯粹"，也有很多"杂质"，那些激烈批评北大的人，很可能是"爱之深故责之切"。

记得胡适在《〈三侠五义〉序》中，有关于母题演变的一段话："传说的生长，就同滚雪球一样，越滚越大，最初只有一个简单的故事作个中心的'母题'（motif），你添一枝，他添一叶，便像个样子了。"此类"传说生长史"，既落实为古人把一切罪恶都推到桀、纣身上，而把一切美德赋予尧、舜；又体现在不同时代的读者都喜欢为感兴趣的故事添枝加叶。这"箭垛式人物"的建立，甚至牵涉地点。广东人就很不服气，谁都知道"包龙图打坐在开封府"，有几人晓得包公在肇庆任端州府尹三年，到底做了哪些事？

谈大学也一样，喜欢拿"北大"当靶子，这一趋势早就形成。对于诸多谈论北大的文章，我的总体评价是：北大没像表扬的人说的那么好，也没像批评的人说的那么差。媒体上诸多"北大论"，你不妨将其作为理解中国大学困境及出路的思考。这样想，不管你喜不喜欢北大，读这些文章时，心态都会平和多了。

五、作为"景观"的大学

将英国的剑桥大学作为"旅游景观"来论述，不是蔑视其悠久传统与辉煌学术，而是突出其在中国人心目中的形象。而这，与著名诗人徐志摩有直接的联系。

徐志摩写康桥的诗文，主要是《康桥，再会吧》《我所知道的康桥》和《再别康桥》。假定你去剑桥大学，不管是念书还是旅游，你读《再别康桥》，几乎没有任何信息量，因为你不知道剑桥有多少学院，图书馆在哪儿，课程设计如何，该怎样利用或欣赏这所著名大学的学术资源。这些有用的信息，《我所知道的康桥》里有一点，但也远远不够。请大家注意，徐志摩原本在美国念书，后转伦敦大学。1921年开始写诗，并进入剑桥皇家学院当特别生。什么叫"特别生"，就是只注册，没学籍，也不用考试。1922年回国，徐写了一首新诗——《康桥，再会吧》。1925年欧游，徐志摩写散文《我所知道的康桥》；1928年重返校园，便有了那首声名远扬的《再别康桥》了。"轻轻的我走了／正如我轻轻的来／我轻轻的招手／作别西天的云彩。"如此诗句，不知迷倒了多少有浪漫情怀的读书人。可作为"旅行指南"，只讲"满载一船星辉／在星辉斑斓里放歌"，实在不合适。这样读书当然很惬意，但不一定非在剑桥不可。作为诗人，徐志摩敏感到康桥自然的美，但忽视了大学的主要功能是获取知识。在剑桥待了一年半，诗人偶尔也会上上图书馆，或去教室听听课；但因为是特别生，没有考试等压力，也未能真切体会这所大学严肃认真乃至刻苦古板的一面。

因此，我请大家读另一篇文章，那就是萧乾写的《负笈剑桥》。这文章是作者毕业四十年后，重回剑桥时写的。文中抒情笔墨不多，夹叙夹议，在追忆自家留学生涯的同时，着意介绍这所大学的历史、建制、风景、学术特点以及学生的课外活动等。没有照抄旅游指南或大学简史，而是在叙述自家经历或表达感想时，不失时机地穿插相关资料。对于渴望了解剑桥大学风貌的读者来说，《负笈剑桥》虽没有徐文洒脱，却比徐文更有用。毕竟是在图书馆里泡了整两年，积极准备撰写关于意识流小说的硕士论文，所以，萧乾对剑桥大学教学及科研方面的了解，明显在徐志摩之上。徐志摩给我们描摹的，是一个充满诗情画意的剑桥，那当然是剑桥，但不是剑桥的全部。萧乾则告诉我们另外一个剑桥，即这所大学理智和冷静的一面。刚说过在野外散步，很舒适，话锋一转，便是：剑桥还有另外一面，而且是它主要的一面，那就是对真理的刻苦追求。

拜读过不少关于剑桥的书，我得出一个结论：对于中国读者来说，最值得推荐的，还是徐志摩和萧乾的诗文。因为，一个是充满激情的少年情怀，一个则是回首往事的睿智长者，两者不可偏废。有了少年情怀还不够，还必须有中年的沧桑与理性，才能真正理解古老的剑桥大学。

六、作为"文物"的大学

我关注大学里的"老房子"，主要立足于教育史，而不是建筑史。说白了，一半是因为好玩，一半是因为学问。借助此等文化遗存，思接千古，浮想联翩，这样的"文人习气"，跟建筑学家的专业眼光，明显不在一个层面上。

大学校园里的老房子，本身就是刻在墙上的大学史。专家们在解释为何将大学校园列为国家重点文物保护单位时，往往强调其建筑风格如何兼容中西，教室礼堂等室内空间如何紧凑合理，还有园林布局如何与自然地貌配合默契，我则认为，首先是"重要史迹"，而后才是"代表性建筑"。校园里的老建筑，早就成为"大学文化"的重要组成部分。这些仍在使用的老房子，是活的文物，让后来者体会到什么叫"历史"，什么叫"文化"，什么叫"薪火相传"。只是随着大学扩招以及校园置换计划的落实，新一代大学生大都已经或即将转入整齐划一、焕然一新的"大学城"，再也体会不到往日校园里那种新旧并置、异彩纷呈、浸润着历史感与书卷气的特殊韵味。

近年谈大学精神，很多人标举梅贻琦1931年就任清华大学校长时的《就职演说》："所谓大学者，非谓有大楼之谓也，有大师之谓也。"这话是从孟子对齐宣王说的"所谓故国者，非谓有乔木之谓也，有世臣之谓也"，略加变化而来的。一定要在"大楼"与"大师"之间做选择，我当然只能站在梅校长一边。可这么说，不等于完全漠视作为物质形态的"大楼"。实际上，矗立于校园里的各式建筑，无论高低雅俗，均镌刻着这所大学所曾经的风雨历程，是导引我们进入历史的最佳地图。这倒让我想起汪曾祺1986年写的《香港的高楼和北京的大树》："'所谓故国者，非谓有乔木之谓也。'然而没有乔木，是不成其故国的。……至少在明朝的时候，北京的大树就有了名了。北京有大树，北京才成其为北京。"请允许我套用——没有饱经沧桑的"老房子"，是不成其为历史悠久的著名大学的。

原载《解放日报》2009年2月8日

寻找北大，回望清华

曾昭奋

—————————

　　1957年春节，大学二年级寒假期间，受到在北大、清华读书的高中同窗的鼓动，我从广州来到北京，整个假期就在北大、清华度过。寒假中，学生宿舍有不少空位，可以留宿，在学生饭厅吃饭，也十分方便。

　　那时，北大、清华都有一个学生大饭厅。1952年院系调整时，在"清华、北大、燕京三校调整建设委员会"主持下，清华、燕京（后归北大）都盖了一个学生大饭厅，两者的规模、标准和使用情况都差不多，既是饭厅，也是学生活动中心，可以跳舞、看电影、看文艺表演，是学生最集中、出入最频繁的所在。

　　北大那个大饭厅，十多年前就拆掉了，原有地段上新建了一个百年纪念讲堂，附近就是后来闻名校内外的三角地。清华的那个大饭厅（称西大饭厅）也早已弃置不用，几年前拆除之后，建起医学科学院建筑群。

　　在那个寒假中，我先住在北大。一天，晚饭早已结束，黄昏已经降临，学生们正陆陆续续地、自由地走进大饭厅，看免费电影。我和几个同学正从大饭厅前面走过，见有学生在出售《诗刊》和《红楼》。这是刚刚创刊的两个杂志。《诗刊》是中央级的。报纸对它的创刊事先已做了大量的宣传和鼓吹。创刊号上首次集中刊出了毛泽东的十八首旧体诗词，还发表了他给大诗人臧克家的一封亲笔信。《红楼》是北大学生创办的一个文学期刊，创刊号上发表了林庚教授的诗《红楼》和张炯的短篇小说《千树万树梨花开》，等等。在大饭厅门外，许多学生买了《诗刊》，也买了《红楼》，并且立即引发了大声的、激烈的争论。争论的内容，一时来不及细听，却为那自由、热烈的场面而激动不已。那是我生平第一次见到，至今印象未泯。

大约半个小时之后，我们从北大大饭厅来到清华西大饭厅，饭厅门前也有学生在出售《诗刊》。这里没有《红楼》，也没有发生争论。一些学生在购得《诗刊》之后，就静悄悄地步入饭厅里，也看免费电影。

北大——热烈的争论。

清华——静悄悄的，什么也没有发生。

历经这两个截然不同的场面，当时我就断定，因为北大有文科，北大有一个中文系。

回顾1955年高考时，我们那个全省数一数二的重点中学（曾以参加高考被录取的学生的百分比排先后），三百名毕业生，竟然无人报考北大中文系。那时候，国家第一个五年建设计划正在顺利实施，需要大量工程技术人才，很多同学都把工科专业作为高考首选。也正是那时候，反胡风运动高潮刚刚过去，胡风的朋友们因文罹祸，令同学们视中文系为畏途，也不见有老师鼓励、建议同学们报考中文专业。

然而，北大大饭厅前的这次偶然经历，却令我对北大肃然起敬，真后悔一年多前没有报考北大中文系！

回到广州之后，我斗胆给北大中文系杨晦主任写信，提出了让我这个读建筑学的工科生转到北大中文系学习的请求。杨先生（他是五四运动中火烧赵家楼时最先跳进曹汝霖宅院的五个先锋之一，时为北大哲学系三年级学生）没有给我回信。他让中文系办公室给我答复说，必须通过全国统考，看看成绩如何。在那个年代，谁胆敢中途辍学，等待他的，不会是另一次高考，而必然是一种厄运。

我无缘成为北大中文系学生，三年之后，1960年，却成了清华建筑系的一名小助教。

2008年4月，清华九十七周年校庆前后，读了钱理群先生为迎接北大一百一十周年校庆主编的一本文集《寻找北大》。钱先生在"序"中说，生在北大，还要"寻找北大"，"我们要从历史的记忆与现实的搏击中，唤回已经消逝和正在消逝的北大精神"。

我，是否有资格加入"寻找北大"的行列？

我的妻子，是高中同学，1955年进入北大化学系，1960年毕业，也来清华当了助教。我对北大和北大人的最初认识和记忆，就是从她那里得到的。

1956年，她写信告诉我，我们家乡（广东潮汕地区）的潮剧团到北京汇演，不知马寅初校长是否真的喜爱潮剧，他出面把潮剧团请到北大演出。消息一传开，西郊各大学以至北京地区其他大学中的潮汕籍学生和归侨学生，一时都汇聚到北大。既叙乡情，又赏演出。大家都衷心感激马校长。那时我想，马校长一定是一位很有风趣也很有人情味的长者。在1957年那个寒假中，我多么盼望能在未名湖畔碰到他老人家。但我没有这种机缘。待到读着他那铿锵有力的《绝不向专以压服不以理服的那种批判者投降》的文章时，他已经被罢官（当时叫"辞职"），离开了北大。

我知道傅鹰教授，也是她告诉我的。"你知道傅鹰教授吗？……他真的来到实验室，亲自指导我们做实验……"记得我们的那个重点中学，也有很好的化学实验室，但实验课都是由实验员给上的。她能够在一位大教授的指导下做实验，真令我羡慕不已。1957年帮党整风时，傅先生赤诚建言，被斥为"右派言论"，幸蒙从宽发落，未戴右派帽子，成为一个典型人物。

还记得上世纪60年代初，我与她在未名湖西北方向一带散步，信步走进一个用围墙围起但院门洞开的庭院。她说："这是温德教授的家……"院子很大，院子中有一溜儿三四间平房，几棵乔木，几丛灌木，满院子长着又高又茂盛的野草，松鼠出没其中。老人就站在房前的平台上，笑迎着我们俩，也笑迎着同时来到平台上的两只小松鼠："朋友，朋友，都是好朋友。"我对她说："我们也成了小松鼠了。"温德教授先后任教于清华、西南联大、北大，在中国七十年。与世无争，淡泊宁静，以百岁高龄谢世。

这三位北大老人，也都是清华校友。

"四人帮"垮台后，马老于九十七岁时恢复名誉，并荣任北大名誉校长，享一百零一岁高寿，在北京逝世。马老光明正大，刚直不阿，上天庇佑了他。而他的一些学生，就没有这么幸运、这么长寿了。

跟着钱理群先生们在"寻找北大"时，我暗自寻思：在那个特殊的年代里，是什么动力，是什么使命感，促使一群年轻的才子才女们，选择了北大中文系？

1954年：林昭、汪浙成、刘绍棠、张元勋、沈泽宜、王磊……

1955年：谢冕、张炯、温小钰、杨天石、孙绍振、陈丹晨、吴泰昌、任彦芳……

1956年：钱理群、江枫、洪子诚、杨匡汉、蔡根林、刘登翰……

此时，已经不是"五四"时代的北大，而是50年代的北大了。北大中文系，一个在20世纪50代初期重新拼接组装起来的中国文化摇篮，艰难地应承了他们的信念和幻想，在他们所深爱的专业业已凋残零落的时候，给了他们足够的营养和勉励，成就了特殊年代里的文化精英。

荷尽已无擎雨盖，菊残犹有傲霜枝。

经过思想改造，经过批胡适、批胡风以至接踵而来的反右运动，一群忠于职守的学者、教授，忘记了伤痛与不平，仍然竭尽师道师德，薪火相传：

中文系的教师杨晦、游国恩、魏建功、王力*、吴组缃*、林庚*、王瑶*、季镇淮……

为中文系上课的教师冯友兰*、曹靖华、季羡林、金克木、李赋宁*、朱光潜、何其芳*、蔡仪、周一良……

世间已无蔡元培，燕园难觅马寅初。但是，这一群文化老人，他们的坚持和奋斗，他们的思想和经验，仍然令人钦敬，更值得我们寻找。

[上述教师名单中，凡姓名后有"*"者，均为清华校友。20世纪30年代初期的"清华三剑客"吴组缃、林庚、季羡林，于20世纪末成为燕园的三个"镇园之宝"。季老今年九十七岁。在北大一百一十周年时，季老题词祝贺："北大精神，兼容并包。"他说，自己有信心迎接"茶寿"（一百零八岁）。让我们为他深深祝福]

在清华，人们更多的是回望，还不是寻找。

1928年，当陈寅恪教授回望清华、回望王国维先生时，写了："先生之著述，或有时而不章，先生之学说，或有时而可商，唯此独立之精神，自由之思想，历千万祀，与天壤而同久，共三光而永光。"刻在石碑上的这些不朽的文字，所有回望清华的人，都可以"望"到。

资中筠，1951 年毕业于清华文学院，是院系调整之前清华文学院倒数第二届毕业生。她常常情不自已地回望着母校。她在《读书》1995 年第一期上发表了《清华园里曾读书》一文："作为一所大学，特别是世界一流名牌大学，除了出各行各业的实际工作人才之外，总还得出一些名家大儒，并且在学科的建树和学派的开创方面有所贡献。这样的人不可能大批产生，但不应该断代，每一代应该有佼佼者担负起继往开来的使命。"2003 年，清华人文社会科学学院建院十周年时，她又一次深情地回望清华："现在蔡元培的地位已经确立了，这当然是不容置疑的。"她提北大的蔡元培，是为了说清华的梅贻琦："梅校长主持清华时间最长，并且历经抗战迁校和战后复校的艰难时期，对清华的贡献功不可没。"她还提到王国维、陈寅恪、朱自清、闻一多和钱锺书，她说："高等学府把办学目标定位在出大官，恐怕是本末倒置。那除了大官还有大款呢！人人都心中奔升官发财，那课还能上得下去吗？"

叶志江，1963 年考入清华数学力学系，他在数学方面显露出的才华远远超过当年的杂货店小伙计华罗庚（参见拙文《科学春秋》，《读书》1998 年第 11 期）。然而，同一个清华大学，在 20 世纪 30 年代培养了华罗庚，却在 60 年代毁掉了叶志江。今天，当叶志江回望四十多年前的往事时："我已年过花甲，也离开大学圈子多年，我早已醒悟到在科学研究中作出重要贡献需要一个人潜心以求。潜心不下来是不行的。'文革'前的'政治思想'工作使我们这一代人无法'潜心'，它所产生的后果之一，便是几十年中偌大中国几乎没有培养出在科学史上占有一席之地的人物……今日清华学子中会有人能不受环境之诱惑而潜心于书斋吗？"

从陈寅恪到资中筠到叶志江，几代清华人回望清华时，所发出的声音，有一种共同的诉求和企盼，至今没有放弃。

我在清华也待了将近半个世纪。当我也回望清华时，我所望到的，竟与三位师友不同：不是学术，不是读书，而是与学术和读书相去甚远的政治。

第一件事，发生在"反右"运动初期。1957年夏天，高等学校中的"反右"斗争，经历过最初的高潮之后，学生们都照常放了暑假。当时，我们全班正在上海实习，远离了学校，没有组织鸣放，也没有开始"反右"。暑假中，我回到潮汕故乡，与从北大、清华回来的几位同学再次相聚。这时，社会上的"反右"运动已经如火如荼。什么叫三反（反党、反苏、反社会主义）言论，什么叫右派，大家已经心里有数。当同伴们一起议论这场运动时，我这个多年来以"党的宣传员"自居的人，已自感言多必失，为自己过去的一些言论而后悔莫及。这引起了那位从清华回来的、高中时由我负责培养并介绍入团的老同学的关注并提出了忠告："我看，你一回到学校就积极投入运动好了，不会有什么事的。"过完暑假，回到学校，在听完学校党委的动员报告之后，我立即写了一首诗《飘向湖滨路的战歌》，摆出一副与右派分子斗争到底的架势，贴到湖滨路（实际上是一个广场）的大字报棚子上，立马成了一个反右积极分子。有谁还会来揭发一个反右积极分子的"三反"言论呢。

第二件事，发生在"文化大革命"中。有一阵子，人们都在猜测、在议论、在等待，又有什么大人物要被揪出来，并准备着以最快的速度表态、站队，站到毛主席无产阶级革命路线一边。于是，在清华园里，就有人及时地把某个大人物的著作、言论进行审读、摘录，整理出内容、观点截然相反的两本"某某某言论集"，一本是拥护毛主席、拥护毛主席革命路线的"革命言论"，一本是反对毛主席、反对毛主席革命路线的"反动言论"。无论结局如何，是继续当权，或是被揪出，被抛出，都可以立即拿出两本"言论集"中的一本，表态、紧跟，在政治上立于不败之地。跟这种战无不胜的政治动作比较起来，我的那位在清华学习的同学1957年暑假中对我的关注和忠告，以及我随后的表态和行动，就只是"小儿科"了。

第三件事，发生在改革开放新时期。1911年清华学校成立时，建了一个西式校门，门楣上镌刻着清廷大员那桐书写的"清华园"三个大字。1966年8月下旬，红卫兵驱赶全校"走资派"，在一个晚上把这个校门（称为"二校门"）彻底摧毁并清扫了现场。接着，在这里树起了据说是全国最早的巨大的毛泽东雕像。雕像基座上，镌刻着林彪专为这座雕像题写的"伟大的导师、伟大的领袖、伟大的统帅、伟大的舵手毛主席万岁！万岁！万万岁！"

进入了新时期，学校领导决定重建二校门（可能有另一个动因：台湾新竹清华大学校园中建了一个与"二校门"的形式和体量相仿的"校门"，而北京的这个老牌的校门却没有了踪影），拆除雕像。拆除时，在主楼后厅举行了一个隆重的毛主席浮雕像揭幕仪式。学校领导出席了这个仪式。不久，二校门按原样重建（重建设计由建筑系教授、中国工程院院士关肇邺主持。关先生1947年进入燕京大学学习，因仰慕梁思成先生的学问，于1948年转入清华建筑系，上世纪80至90年代主持设计清华图书馆和北大图书馆）。如今来到清华园的人，都会在二校门驻足，拍照，经常堵塞交通。他们并不知道，这里曾经树立过一尊巨大的雕像。

对于经历了太多的政治事件、政治风暴的人来说，上述三件事，三个政治动作，目的还在于自保，并非祸国殃民的阴谋诡计。只是，在这种过程中（已经没有学术，也用不着读书），人们的心态和行状，都变异了，扭曲了。

五十二年前发生在北大学生大饭厅门前的那个自由争论的场景，大抵就是钱伟长教授曾经深情回望、提起的上世纪30年代叶企孙、吴有训等老师所倡导、所缔造的"学术论争无时不在、无地不在"的学园气氛与传统。北大学子继承了这种气氛和传统，在1957年春天的大饭厅前，也多少保留在改革开放时期的三角地上。而今，大饭厅没有了，三角地也没有了。北大校方为迎接教育评估，在一百一十周年校庆前夕，清除了三角地。大概，在上头派下来的评估大员们眼中，三角地应该扣分。一个百年名校，为了迎接评估，仍然做出了如此动作，那些才创办十年二十年的新伙伴，为了迎接评估，为了得高分，而不惜弄虚作假，做表面文章，以至于种种丑态、丑闻，也就不足为奇了。

王国维先生论说了做学问的三种境界。当北大人在寻找北大，清华人在回望清华时，也无不是各自处于一种特定的境界中。回望北大，回望清华，是第一境界。寻找北大，寻找清华，是第二境界。清华人还处于第一境界，北大人已进入第二境界。叩问北大，叩问清华，以求得解答，是第三境界。无论是北大，无论是清华，都未进入第三境界。

2008年5月3日，北大一百一十周年校庆前一天，胡锦涛总书记视察北大，在师生代表座谈会上，对北大师生提出了四点殷切期望：第一要弘扬爱国主义精神，第二要努力造就高素质人才，第三要不断创造一流学术成果，第四要积极培养优良校风，勉励师生们谱写北京大学发展的崭新篇章。

再过两年多，2011年4月，就要迎来清华百年大庆。一个比北大百年纪念讲堂更雄伟壮丽的清华世纪大讲堂，即将在校园中心地段拔地而起。

北大百年纪念讲堂按中国建筑设计院青年建筑师张棋在设计竞赛中的中标方案实施兴建。张棋于1987年毕业于清华建筑系，1992年在清华建筑系获硕士学位。由于当年建设资金没有及时到位，北大百年纪念讲堂未能在百年校庆时建成投入使用。

清华世纪大讲堂由中国工程院院士李道增教授主持设计。李道增于1952年在清华建筑系毕业，曾任建筑系系主任和建筑学院院长。清华世纪大讲堂由清华校友提供建筑资金，可望于百年校庆时如期建成。

　　是否能期盼，当包括胡锦涛总书记在内的校友们返回母校欢庆清华百年华诞时，清华的师生们，经过艰苦的努力，已经可以迈进一个新的境界了。

原载《读书》2009 年第 2 期

二〇〇八上课记

——他们的困惑和我的困惑

王小妮

———————

一、第一课

因为是给新生上课，一开学我还没事，新生正军训，常在校园的各个角落见到他们四处巡游，手里倒提着武装带。我的学生将在他们中间。

从这一届开始，我的学生全部出生于90年代。我问，1989年出生的有吗？没有人举手。这是我在大学四年里的第一次，上世纪80年代就这样被一笔勾销。

9月23日的晚上，给〇八年新生上第一次课。我请他们在字条上回答四个问题，是自愿的，可以不回答，问题是：

一、你来自县城以下的村镇？

二、你喜欢的书？

三、你喜欢的电影？

四、你相信这世界上有真理？

关于真理，是我在第一节课上的保留问题，过去三年都是举手，采用字条是第一次。

一共四十六人，收上来的字条有四十一份，统计结果是：

第一条，二十四人生活在县城以下。十三人不在。三人未回答。

第二、第三条，回答很杂乱，不罗列。喜欢鲁迅的不多，反而余秋雨比鲁迅略多。最意外的是个男生，他最喜欢的书是普鲁斯特的《追忆逝水年华》。我大觉好奇，找他来问，他赶紧解释说，并没看完，翻着看了几段，那书是他的中学语文老师的，老师认为他平时太毛躁，说这本书能磨炼性格，顺便推荐给他。这位毛躁的学生解释完了还追加一句：那书没什么意思，真的，老师你说那个写书的人是不是有毛病？

第四条，关于相信真理。十一人认为不确定。十九人相信，女生多，其中有两个女生说坚信。十人不相信。一个人没回答。后来，我仔细查对了，这个没回答的学生叫黄菊，名字好记，但是，过了快两个月我才把这个名字和黄菊本人对上号。关于黄菊，在后面说。

第一节下课，感觉喜欢这个班的学生，比起前三届，他们更活泼欢腾兴致勃勃，特喜欢鼓掌，虽然刚经过军训，仍旧心气足，不疲惫。回来仔细看收上来的条子，他们的阅读实在芜杂苍白，他们难道只是些能考试的年轻人？

二、有人去了文理科实验班

听说，我教的戏剧影视专业大一学生中有三个考取了校文理科实验班。

据说这是今年校方推出的新举措，面对全体新生只招一个班，未来文理通读，前途远大。下课后，就要转去实验班的三个学生之一曹昭明跟着我穿过草坪，她不断问我，要不要去读。我问她自己的意见。她喜欢我们这个专业，也喜欢这个集体，甚至想到将来自己拍第一部电视作品，一定要拉上全班同学做拍档，没想到，还没上第三次课，就要彻底离开了。曹昭明已经去法律系听了实验班的课。她说：好不一样啊，我们的课，你记得吗，你拿着收上来的条子举着对我们说，你喜欢这种感觉，长短不齐，带着每个人的个性，但是法律那边的老师收作业，我们全挨骂了，老师说看看你们交上来的都是什么，七长八短，一点都不规整。我问她家里的意见，曹昭明说，远在湖南的父亲坚决不同意她再留在戏影。她说：那边的老师都忽悠我们，什么精英什么幸运儿的，好像天上掉馅饼了。我劝她留在那边，起码能学得更多。她撇着嘴走了。

过几天又遇见她，她说：我一个人这么远从湖南跑到海南来都没哭过，就是上这个实验班，我都哭了，好枯燥好没意思啊。11月她出现在我们教室后面，下课后对我吐舌头说那边的课逃了。12月，在草坪上上课，她又拉了另一个从我们班考走的同学来听课。

也许不是人人都适合那个只收"精英"的实验班。

三、新闻

今年依旧保持课上简短交流新闻的传统，他们不能再脱离现实读死书了。今年略有修改的是，上学期的新闻都是我一个人说，2008年改为大家一起谈，目的在于更多地参与。这个变动出自9月23日第一次课，那天我谈到一条新闻：9月22日，卫生部公布数据，三鹿奶粉事件已查出全国病儿五万三千人。下面一个女生接话说：是婴儿哦。她的意思是：这新闻和大学生们关系不大，出事的只是婴儿。我马上纠正她：每一个婴儿都是人啊，一个有起码责任心的知识分子不能对自己以外的世界漠不关心。这样在课上就决定了，以后每次课都安排十分钟大家交流新闻。

虽然时间短，能说话的人少，但是，我注意到很多人都在本子上抄几条新闻来上课。渐渐还有人发明了偷懒的办法，直接带一份《环球时报》，现场读报。而齐仙姑同学总是把自己筛选过的要闻事先抄在本子上，以至后来，我上课的第一句话是：仙姑，你先来？

已经读大三的余青娥同学来听我们大一的课。课间，我和她靠在楼道的栏杆上吹海风，那天是 2008 年 10 月 22 日，她告诉我，她父亲在福建福州收废品，最近受金融危机影响，收购价格大幅下降，来电话说赚钱更难了。铃声再响，我对同学们说，在见到你们的师姐余青娥之前，金融危机对于我还只是报纸上的标题和消息，经过了她的描述，才感到这危机已经真切具体地影响到一个普通中国人了，新闻不是待在和我们完全无关的地方。

有些男生的军事兴趣格外浓，反而对日常新闻并不重视，12 月下旬，班长说：咱校图书馆可以借书了，每次每人能借十本，期限一个月。班长坐下，下面几乎没反应，好像图书馆和他们没什么关系。而接近期末，班长说了另一条新闻：农业银行不同意给咱们贷款了，说原因是怪咱学生，咱校学生还款率低于百分之五十。班长还没坐下，下面一阵混乱和议论，持续几分钟后又鸦雀无声。

四、我们的班长

班长给我的最初印象是他热衷于点名，特别是突击点名。有两次，上课铃响了，他的点名还没结束，他不得不遗憾地自我中止，说上课吧。我忍不住问，是学校要求点名？他说不是，是他自己要点的，预防有人逃课，防患于未然。

第一次课上分组讨论，我刚说完"讨论"两个字，班长忽然起身发出最短促的口令：各小组准备好，一分钟之内就位，不要发出响声。

一次课间休息，班长过来问我：老师怎么看大学生的自由？我说大学生应当拥有更多的自由，我不赞成把中学思维带进大学。我想到了他的点名。他没回应我，显然心里有保留。他转过身对大家说，同学们现在讨论讨论啥是咱的自由。当时教室里乱哄哄。有人随口说，自由就是想干什么就干什么。有人说，自由就是不想回答问题的时候，可以不回答。没有得到丝毫的正面答复，班长的脸色变得难看，但是还在坚持：大伙都说说，咱大学生该怎么看自由。上课铃都响了，他还站着，还等待有人给他答案。后面的同学拉他说：上课了。马上有人迎合着喊：上课了。他才很不情愿地坐下，坐下了还向后扭着身子对着同学们，直到我说上课，他才转回身来。那节课他没听进去，一个人在座位上较劲呢。

两个月过去，班长有了明显变化，口令少了，话也少了，不再突然点名。有一次上课趴着，问他感冒了？他有点茫然地点头。

又有一次约他来取影碟，早上七点，海岛上阳光透明，他穿一双高筒的足球袜和运动鞋，满头是汗笑嘻嘻地跑过来。我心里想：就是一个孩子。他说他坚持每天早上六点多起来跑步。

国庆假期结束，班长给我们讲他见到的大海：都说海是蓝的，我长这么大，从来没见过海，这回我特意到白沙门，捧起海水一看，这水咋一点也不蓝啊，再去西海岸，海水也不蓝，为什么海水一捧起来就不蓝了呢？他说完并没坐下，好像在等待答案，教室里一片哄笑。

另一次，我问起谁这一生从来没进过电影院，四十一人中有六人举手，其中就有班长。12月底，有人给我两张《非诚勿扰》首映的票。我都送给他了，很快收到他在电影院发来短信：老师，谢谢给我第一次电影院的经历，电影很好看。

可惜，来自山东的班长郭新超，如果他第一次进电影院，放的是《天堂电影院》该多好。

五、在角落里

　　和历届一样，学生当中总会有三分之一人木讷寡言。直到学期结束，我都没能找到更自然恰当的机会和他们交流。教室前后各有一扇门，通常，老师的活动区域多在前门，总有学生一听到下课铃立即闷头收拾，快速从后门离开。

　　我们的学生大半来自农村，其中又有超过半数学生的家长长年离乡打工，孩子们独自留在乡间发奋读书应对高考。历届学生中，主动选择学习我们戏剧影视专业的不足百分之十，余下的都是被"调剂"过来的。会有性格活跃的学生把下巴搭在讲台上问：老师啊，学了这个专业，我们将来能做什么？我们有未来吗？经过些时间，大约一半的学生会渐渐喜欢上这个专业，理由很可能是"好玩"。

　　我们讨论时事新闻，讨论好莱坞的模式化，讨论《疯狂的石头》，讨论正在失去原始活力的成语。这些中国最年轻的知识分子之中，并不缺少热衷于表达个人观点的，而同在一间教室里，始终都有沉寂着的那个部分，像摆放在教室后面的几件道具。我非常不喜欢滥用教师的权威，强硬地要求学生必须做什么，也由于这样，我很难接触到他们中间的每一个。

六、女生们

　　在孤寂寡言的人中，会有几个女学生最沉默最边缘，她们习惯了默默地溜进教室，默默埋头坐在后排角落里，交作业的时候，把自己的那页纸反扣着，混夹到别人的作业里面。

　　和那些兴冲冲的，野心勃勃的，或者还时刻心怀挑衅性的男大学生相比，除了穿着打扮的不同，把那几个沉默的女学生搁进上世纪30年代的课堂上，一点也不显得突兀。

能感觉到有些男生们更愿意贴近外面那个社会，他们正学习着工于心计，左右逢源，讨好奉承，把握机遇。而大一的女生们，无论活泼的，沉默的，都透出更多的纯粹洁净，保留着一点"发傻"的理想主义。我不认为这是多年来严谨教育的结果，更相信它源于女人类的某种基因残留。

去年曾经有个女生在下课后快速经过讲台，放下一张字条，还没来得及看清她，人就飞一样出去了。字条上写着：老师，你不能总是讲评写得好的作业，不太好的作业也应该讲评。从那个提醒开始，我尽量讲评更多人的作业。同时，我也在找谁递的字条，恰恰她是平时最沉默学生中的一个。

2008年底，学期快结束了，我连续收到一个陌生手机号码发来的七条短信息，其中有这样的段落："老师，我是郑××，不知道您是否对得上号……我的妈妈是个简单的人，没多少文化，没工夫也没能力思考抽象的东西，当我对她说我不想读书了，我很茫然时，她只会说我不懂事，说知道吗，孩子，只有读书才有出息。这些我都懂，我不想听，平时很少往家里打电话，因为每次她要说什么我都能预测到，在她看来，我只要健康地存在着就行。当然，我很爱她，从没怨过她，只是无法和她亲近，我常常有想找个人听我说话的愿望，可又找不到我愿意倾诉的人……"我没想到，这个在我印象里连面目都不清晰的学生，心里藏着这么多细腻的感受。

前面提到的学生余青娥，写了寒假纪事发给我看，她平时不言不语，从她的文字里，我知道了很多珍贵的东西：余青娥在外地打工的父母一直到年三十晚上，才带着在城里上小学的弟弟赶回老家，她还在屋子里就听出了踩过雪地的脚步声是自己的父母。当时，天已经全黑了，弟弟进了门就脱棉袄，脱得热气腾腾，他解下贴身捆扎的两条鼓鼓的长丝袜，里面塞的全是钱。一条袜子里装的是她父母一年赚的钱，另一条是亲戚家委托他们带回来准备起新房的。这么鲜活、又喜又悲的景象，待在城里的作家怎么想象得出来？余青娥的老家在江西，她祖母到现在还会埋怨她父母说，不该让她念书，女孩念什么大学，还交那么多钱。老人这么说，是因为青娥下面还有弟弟，弟弟要长大要念书要成家立业，学费当然要早点给攒起。这组文章，我推荐给杂志发表了。2009年初，足够寒冷的一天收到余青娥的短信，意思是她收到了稿费，感觉拿在手里不敢花。

期末，一个大四女生来找我，问能不能帮忙改几篇她的小文章，她想投稿，为找工作创造条件。2005年，她只是上过我三个多月的课，后来再没有过接触。我问她参加毕业生招聘会没，她说去了，说得有点心虚，说长这么大没见过那种场面，连话都不敢说，准备了一大沓简历，根本不敢往前凑。我一听就急了，我说你得往前挤啊，现在不是工作找你，是你要找工作，你要养活你自己。分手前，她有点恳求说：老师，能不能不用专业眼光看我的文章，我知道写得超幼稚超幼稚。我说，如果现在你还在大一，当然我用老师的眼光，但是，你就要毕业了，除了专业的眼光，就没有第二种眼光。她叫杨秀碧，来自四川，不知道在2009年能不能找到工作。

七、我不喜欢老师这种东西

很偶然看到一个大学生论坛里，一个关于老师的帖子，有人跟帖说：我不喜欢老师这种东西。

今天的大学里，让一个学生在隐身状态下还能喜欢某老师，确实是苛刻。在我做学生时候也是一样，我曾经就很不喜欢老师这东西。

但是一个老师不能说：我不喜欢学生这东西。特别是今天的我。

八、黄菊的故事

那晚上没课，忽然接到班上同学的电话，非常着急，说她们几个女生正在海口火车站，班上的黄菊同学退学了，准备回陕西乡下老家复读重新参加高考，现在人已经上了火车。突然得到消息说，在老家复读必须把已经迁到大学的户口再迁回去，不然不能报名，她们紧急向我求助。我完全不懂迁户口的程序，甚至记不得班上哪个叫黄菊，除了着急，一点儿帮不上忙。电话那边一阵慌乱就挂断了。

我赶紧搜索对这个学生的记忆，只找到第一次课上收到的字条中有署名黄菊的。当时我给出的问题是：你最喜欢的书。她的回答是：路遥的书《平凡的世界》。我的问题：你最喜欢的电影。回答：《背着爸爸去上学》。只有这两行字，字迹非常工整，关于她是否来自乡村和是否相信真理，她没有回答。

第二天一进教室就问黄菊，他们说走了。大家谈新闻的时候，周坤婷起来说：我说发生在我们班上的新闻，黄菊同学退学了，一想这事就闹心，我们每个人都得懂得珍惜，一个农村出来的女生多不容易，我们做的每一个决定都将影响一生。说着说着她就哭了。教室里特黯然。

比起国内国外所有大新闻，在那个上午，黄菊的离开对我们最触动。算算这时候，火车拉着她已经到中原大地了。我说不能这么轻率就退学，这么重大的决定要尽量征求更多人的意见，再参加一次高考太冒险，不喜欢某个专业还可以想办法调换。我说的这些，黄菊当然听不到。

一星期后，班长兴冲冲告诉我，黄菊回来了，现在人已经在返程火车上，她申请复读不成，在家里考虑了几天，决定回来。班长还说：老师，下次你来咱班上课，准能看见她。再上课，我特地带了一小包椰子糖，但是，黄菊没来。又过了一星期，课间休息，有个矮小的女生慢慢过来说：老师，我是黄菊，谢谢你的糖。哦，是这张面孔，我有记忆的，但是，在这之前，我不知道她叫黄菊，更不知道她心里都在想什么。接下来，全是我在说废话，她默默听，默默点头。铃声一响，她又回到教室后排，从此，跟什么都没发生一样。我有意往教室后排搜寻，才能看见她那张很容易变红的脸。她不复读了，但是能从此喜欢上我们这个专业吗？

我有点惊讶，中国传统妇女身上的含蓄，闪避，羞怯，温良，坚忍，倔强，在生于90年代的陕西女生黄菊的身上，居然全都有，并没随着时代的改变而改变。

九、关于大地和土豆

第二次课一结束就认识了赵朝举，他主动跟上我说，他叫赵朝举，贵州毕节来的。我说你们那儿我去过，我去过织金县下面的好几个乡。他马上问我去过织金洞没。结果我和他都没去过那个洞，那是个旅游景点。他来海南上大学，是第一次离开贵州。一路先坐汽车从乡下到贵阳赶火车，火车到湛江，再从湛江搭长途大巴到海安转琼州海峡轮渡。

他说，从湛江坐汽车到海安，坐得真晕。

我随口说，看来你晕车。

他神色格外兴奋说：从湛江一出来，那地哦，太平了，我可从来没见过这么平的地，客车上别的人都睡觉了，只有我一直看车窗外。

分手之后，我忽然想明白了，赵朝举说的晕，是晕平原，在上大学之前的十九年里他没出过山，没见过大片的平原。

下一次再注意到赵朝举，他和同学一起表演小品，他演孙悟空。本来，他的脸就有点红，再做出一连串搔首弓腰的滑稽动作，嘴里几声尖叫，简直惟妙惟肖。节目表演完，他获得掌声最多。赵朝举演孙悟空让我特高兴，说明他是个大方开朗的人。

下面是赵朝举的一次作业，题目是他自定的：

吃土豆的人

……土豆在我们那里叫洋芋，为什么叫洋芋呢？据村里的老人说是洋人的东西，是从洋人那儿传来的，所以就叫洋芋，就像火柴叫洋火一样。

……到晚上，我们一家人围坐在快要烧尽的火堆旁，刨开火堆的一角，把洋芋都一股脑儿地放进去，再盖上灰。老爸卷了一袋（支）烟卷，吧吧的（地）吸着，烟圈（卷）在他的嘴角转着圈。但现在老爸到深圳打工去了，所以，很久没有看到他那样悠闲地吸烟了。可老爸每次回家，都要带一大袋草烟去，他说外面的烟都不好吃了，那天听王老师您讲一个老汉每次回家都要带烟卷到打工的地方去，我听了之后，脑中立即出现老爸背着烟卷上车时的情景。

土豆在灰里发出香味，我用手去刨，发现时（是）烫手的，又缩了回来。老爸把我的小锄头递给我，终于看到发着香味儿的烤熟了的土豆。表皮皱得像刚洗过的衣服。剥开表层的皮，露出了有点发黄的土豆，冒着热气，我们一家呼呼的（地）吃着。

在我们村，电视机是个稀有的机器，而能够看上电视那就是更奢侈了。在我六年级的时候，村里买了第一太（台）电视机，那是邻居家的孩子结婚时买的。刚买的那天晚上，调试了很久，电视上雪花一点一点地闪，然后又是一杠一杠地向上闪动，又向下闪动，滚动着一条一条的向上又向下。最后终于出来了一个台，是贵州一个台，里面有个美丽的女孩在说着什么，因为没有东西，所以就只能看着里面的人物一个一个地闪动。我们村里几乎所有的小孩都挤在不大的屋子里，实在挤不进去了，就站到了门外，我从家里搬了个很高的凳子放到窗外，趴在窗台上，眼睛使劲的（地）往电视机上挤，老爸说我眼睛都掉在电视上了。

屋里放着一个火炉，火炉上的锅里煮着一锅土豆，水冒着泡，咕嘟咕嘟地响着，土豆煮熟了以后，主人剥了皮吃了起来，头也不抬。女主人看见我们都把眼睛移到她的手上，就给我分了一半。我就趴在窗台上吃着，这时，爸爸站起来，吸着烟斗说："这个东西花的进去，白的跳出来，有什么好看的？"他说完后，嘴里吐了一口烟，烟在他脸上跳动着，随着他前进的头向他脸上贴上去。现在想想，爸爸对电视的理论是我现今为止听到的最好的论述了。

现在，每次当我看着电视的时候，就会闪现出一个画面：一个小男孩流着口水手里拿着洋芋趴在窗台上看黑白电视。

每次到食堂打饭，我都会望望是不是在白色的瓷砖台上有没有放着一盘土豆菜，可每次我都没去吃，我认为那已不是我的土豆了。我想，我一定诗歌（是个）吃着其他菜想着家里的土豆的人，而且是惟（唯）一的一个人。吃着土豆的人，是一个幸福的人。

我对学生们说：赵朝举的作业没什么好词好句，但是他写出了生动的生活场景，还有由毫不起眼的土豆带出来的穿透力，可见来自乡下的赵朝举是一个有故事的人。很多同学其实都有故事，只是你们还没有意识到：你自己的体验比任何名著名言都更有价值，总有一天，你们能理解，你自己的经历就是一个金库。

十、霍乱来了

11月2日中午我在教工食堂吃过饭，一出门，见到一个研究生说我们系有学生拉肚子。事件很快演变，傍晚已经有人到教工区挨户敲门发药了。我没吃药，因为我不能无故服用抗菌素。当晚有人告诉我：学生不能到校外去，只能在学生区域活动。这个区域相当有限，几块草坪一个湖面，宿舍教室，学生宿舍每天四次有专人监督吃药。这么多活蹦乱跳的年轻人都困在一个区域里，还要吃药，能坚持多久呢？

课照样上，学校让老师安慰学生。我挺沉重地进教室，没想到气氛超正常，好像什么也没发生，其乐融融有说有笑。

我问他们有什么需要，女生骆晶夸张地喊了一声：老师啊，我要吃白米饭。疫情刚发的几天，学生食堂大半关了做清洁，学生们只能在校内买方便食品，白米饭成了理想。霍乱末期，听说有老师把学生藏在汽车里拉到校外去饱餐一顿，有点飞越柏林墙的意味。

我对他们说，感谢所有的突发事件，从某个角度说，正是它丰富着我们的经历。比如我自己，我感谢我经历过的一切，因为生活本如此，它给我什么，我就承受什么，人就是在这种复杂的承受中得到历练。这话作为我对学生的安慰。本来这节课准备读一篇记录2008年春运的文章《被踩踏者李红霞的人生》，临时改了主意，我说我们换个内容，不要在这个特殊时期增加感伤，没想到下面都在说老师读吧，齐仙姑的声音最大，她说："生活本如此。"这正是我刚随手写在黑板下边的五个字，还没擦掉呢。

下课，李搏过来跟我说，这些天他都在写日记。我说我的日记也格外详细。另一个学生在后面说，现在这样好，到校外干什么，还不就是去花钱消费？现在挺好，钱都省下了。

霍乱闹了十天，11月12日恢复正常。我发现，刚进校的大一学生对自由的渴望最低，除了要白米饭要水果好像再没更多要求，而年级越高对限制自由的反应越强烈，有人想方设法跳墙开条子混出校园。外面没什么，但是有自由。

十一、一个小事件

也许我觉得这算个事件，他们反而觉得挺正常。事后我再没问过这事，不愿意提它。

恰恰是闹霍乱期间，11月4日晚上的课，刚进教室，班长过来问，能不能给他几分钟时间，我以为发布什么通知，第二节上课后给他十分钟。第二节，班长宣布占用几分钟，教室里的气氛突变，学生们的神色和听课时候大不同，好像格外敏感郑重，好像有什么大戏要上演。

班长说希望大家畅所欲言，接着是陈小力、班长和另三男二女轮番发言，剑拔弩张的，好像在争什么名额，有人说到弄虚作假，有人在解释，有人在推辞。我不断看表，其实我在生气，正好十分钟，我直接打断了继续想说话的，我说约定的时间到了。上课四年来，我第一次对学生生气。我说这是大学，是个应当干净的地方，不要把肮脏龌龊的东西，拿到这个本该神圣的地方来，真希望你们每一个都能做个清澄单纯的人。他们刚凝聚的气氛被我给破坏了，能感觉到他们当中一部分根本听不进我的"圣经"，另一部分与己无关，但是观热闹的期待被打断了。

不用听懂他们争的具体是什么，作为过来人，我在第一分钟就明白这场小争执的实质了，所以毫不关心其中任何细节。我也很清楚根本没什么干净神圣的地方，但是，他们还年轻，还不到二十岁，希望他们这代身上能保留某种幻想，能有人相信这世上还有清澄和单纯，不然，未来还有什么救？

响铃以后，整节课闷闷不乐的班长留给我一张字条，扭头就走，条子上写着：对不起，现在越来越迷惘了……班长离开后，我经过他刚坐过的桌子，上面留着一张废纸，我拿了，上面都是随手写上去的：气宇轩昂，慷慨激烈，醉翁之意不在酒，辩论，叫嚣……

十二、鼓掌

很久了，我都没弄明白，他们为什么这么热衷于鼓掌。

最初的几次课，凡是我的提议，他们的即兴发言，从宣布上课到宣布下课，他们随时都准备鼓掌，好像很盼望被哄堂而起的响声鼓舞一下。有点莫名其妙。

我曾经把这理解为这一代年轻人性格开朗，思维灵动，对课业充满兴趣。可是，调查了班上四十五个学生，填报我们这个专业的只有十个左右，其余都是调剂来的，他们原本想学的是法律、经济、外语等热门专业。坐在下面起劲地拍巴掌时，心里也许想的是怎么调换专业。直到期末，我才听说，班上还有没凑齐六千元学费的，听说拖欠学费的学生将没资格参加期末考试，甚至不能购买寒假回家的火车票。可以想象，他们个人的难楚苦恼疑惑一点也不会少，但是，这一点都没妨碍他们仰着脸热烈地鼓掌。上课时间有教室传出掌声会显得异常热烈欢腾，有点儿一呼百应，甚至还透出某种励志的效果，恐怕做老师的不该反感这效果。但是，我总感到可疑。

第一个得到持久掌声的是陈小力。那天陈小力起来先读了一段新闻，紧接着自我发挥了一大段关于中国要低调、韬光养晦、振兴崛起的即兴演讲，照搬电视上"大专辩论会"的节奏和声调。激奋的演讲持续三分钟，这三分钟他不是面对讲台，而是站在教室第一排，侧转身始终对着教室后面全体同学。他们也最恰当地配合他的"激情表演"，随着他越说越快，越说越激昂，下面已经掌声四起，可以用雷鸣般形容，直到陈小力坐下，掌声还没断。这下，他再次起身，向教室后面各方向挥手致意，引来更热烈的掌声。

从陈小力开始，我开始对这种发自群体的响声格外敏感，在我过往的记忆里，这声音一直专属于收音机和大会场，激昂强势，不可抗拒的绝对声浪。

最能引起掌声的话题多数和民族有关。各种媒体上都报道抵制家乐福的时候，学生们讲新闻一提到抵制，掌声总是最热烈。等安静下来，我问，有不同意抵制家乐福的吗？马上有人大声说，当然没有。我说，不同意的可以举手。当天来上课的四十一个人有三个人举手，其中有赵朝举。下了课，我问他为什么不支持抵制。他说：家乐福的售货员是中国人，卖的是中国货，买东西的也是中国人，抵制就是抵制我们中国自己。正说着话，有两个女生凑过来，我问：你们都赞成抵制？她们只顾着笑。我说你们是不是都鼓掌了？仍旧只是笑。我问她们为什么鼓掌，一个牙齿很白的女生说：不知道哦。原来，在不知道的情况下也鼓掌。

丁传亮也是得到掌声比较多的一个。前半个学期，他并不显眼，渐渐地，他也愿意给大家介绍各种新闻。他讲新闻，不是枯燥地念完了事，经常随口加一两句评论，绝对地简短明快，好像是他的自言自语，内心独白。有一次，他讲到受金融风暴影响，春运没到，已经有农民工提前返回家乡了，说到这，他卷起抄新闻的本子，忽然加了一句：我看叫农民工不好听，应该叫外来务工人员，农民工这个名不好。说完，他就坐下了，教室笑声和掌声同时响起来。我在心里说，丁传亮啊丁传亮，这两个说法有本质区别吗？课间休息，我随便问一个来自城市的女生为什么给丁传亮鼓掌。她回答我：听他说得挺好笑。

如果"一言堂"是中国大学课堂上的常态，鼓掌，就是学生们除了发言以外，能主动做出的最快活的事情。鼓掌，能带来整齐划一的效果，也许，他们只是需要借一个集体仪式自我振奋，可能他们在这种集体动作中能得到荣誉感和安全感。还有相当多的时候，鼓掌是机械的、无意识的拍打，仅仅表达对周围气氛的呼应，为了自己和别人一样，而不用经过大脑就顺便拍拍手。渐渐地，我也在他们的掌声中体会到了讥讽嘲弄哄笑拆台和"算了吧"等等多重隐喻。最后这类情形在后半学期会更多出现。

既然他们关注民族问题，我把萨特关于二战时期法国人境遇的随笔《占领下的巴黎》拷给他们，也选了一些段落读给他们，下面安静，没有掌声。我也把新近收集到的海南历史资料中关于日军侵占海南岛的记录介绍给他们：1939年2月10日，日军三千人携伪军三千人趁夜晚渡过琼州海峡登陆海南岛，当时，被称作中国四大古炮台之一的海口秀英炮台上，几门德国造的满是锈迹的老炮，已经闲置了半个世纪，日军过海峡了，满城都找不到会放德国炮的，紧急请出几个退役的前清老兵，有一种说法是：老兵们用仅有的百余枚老炮弹抵挡了日军，迫使他们改到离海口市更远的地点登陆，时间上大约延后了几十分钟，最终日军还是顺利登岛。据称，在被占领的第四天，海口市市面已经恢复正常，商贩开始营业，报馆开始出报，而占领者日本海军司令部就坐落在前海南大学旧址中。我对他们说，我查到的历史记录显然太少，很可能细节不准确，希望他们将来能去做新的发现和补充，把真相一点点找出来。这节课，同样没有掌声。

这学期的最后一课，我说，虽然只相处了不到四个月，我还是感觉到，你们长大了有心事了，学会用自己的脑子想事情了，不再像我们的第一次课上，我看到下面一片孩子，都仰着被军训晒得通红的脸对着我傻笑，我亲眼看着你们正在成为这个国家最年轻的知识分子，得祝贺你们。

下面，没有热烈的掌声了，这是我本学期的最大安慰。

十三、考试

那天一进教室，就感觉气氛不对，本来我提前了十三分钟到，教室里居然坐得满满当当。天气凉，他们都穿得臃肿，黑糊糊的格外压抑又格外整齐。我一出现，全仰着脸望我。我有点糊涂，这是怎么了？再看每人桌前都端端正正摆着纸笔，忽然想起，是我说的今天"考试"。虽然之前早交代过，考试只是用一节课时间，写一篇作业，题目也是和他们再三商量过，开始是"火车"，有人说没坐过火车，最后改成"车"，有人说，车太不好写，最后的题目是"车或者其他"。

至于这么紧张吗？我问。平时的幽默感全没了，个个好像很怕被我误导迷惑，不管我说什么都百毒不侵，端坐不动，似乎我会忽然变脸，发布什么刻薄刁难的决定。

上课铃一响，下面奋笔疾书，度过了这学期绝对安静、绝对鸦雀无声的四十分钟。铃再响，有人看表，有人擦涂，有人翻来翻去再三核对，都舍不得把那张作业交上来。

直到手上没有那张纸，他们才会笑了，胳膊腿都能舒展，恢复了正常年轻人的全部活力。我说，谁想把一件本不重要的事搞得煞有介事，那就是考试，它可真不是个好东西，我算是长见识了。

正是在我们考试这天，班长提醒：大伙都听好了，咱就是挂科了也不能作弊。他指的是后面的几科闭卷考试，又开除又记过的强调了几遍。

寒假期间，看到《南方周末》上一篇安徽高中生的文章《我被中国教育逼疯了》，我绝对赞同这说法。

十四、困惑

困惑是双重的，有他们的困惑，也有我的困惑。

接近2008年末，大学毕业生就业压力已经很突出：未来的不可预料增加了学生的担忧，而作为刚刚进入大学的大一学生，高考的痛苦折腾还没过去，他们还想享受一下忽然解放了的轻闲。这样，他们的心态是既想悠闲又很不踏实。接近期末，我问他们有什么困惑。

一个同学的回答是：为什么到了大学里安静下来看书的时间反而太少，为什么对学习没了以前的热情，为什么再也没有紧迫感，虽然明知将来就业形势不好，为什么开始喜欢和适应在外面吃饭喝醉唱歌？

另一同学说：很多时候，我的想法很少纯粹是自己的，大多是外界给的，有时候不敢表达自己的真实想法，也容易受别人影响，听说看的书多了，人就充实，但有些人书看多了就变得极端了。

第三个同学回答：我觉得从小到大生活平平淡淡，没有精彩的内容，没有经历，觉得自己空空的。

放假前，遇到去买棉衣的学生周坤婷，她问我：在大学里能学到什么？将来能做什么？自己心里一点儿也不知道，很糊涂。

这个学期，三次遇见〇六届的同学邓伯超，我还清晰记得他读大一的时候，在课上发言，说他最喜欢的电影是《蛊惑仔》，他家乡的学生们都崇尚蛊惑仔，引起哄堂大笑。现在他已经大三了。一次他在校邮局门口架机器，看见我，笑笑。另一次，还是正跟几个人一起忙着弄三脚架，没看见我。12月去旅游学院报告厅的路上碰见他，那天我参加朗诵，他做摄像。虽然是晚上，我还是明显感到他的情绪低沉郁闷，两个人都不说话，只是赶路，他身上机器电线的，挂了不少。后来我问，课程紧？他说不。又过了一会儿，他主动说：真不知道能学到什么，越学越没信心，没有方向，有的老师上课……我看老师自己都不懂。然后还是沉默。到了报告厅，他说老师我去干活了。我看他闷头架机器，人忙起来情绪会显得好一些。大四同学告诉我说，现在班上的男生有两种，脸黑黑的整天拍片子，脸白白的整天玩游戏。

一个学期下来，我在检讨我自己，我给了他们很多新鲜东西，但是，建树太少，没有巩固的时间，三个多月太短促。还有，我以为我给了他们，究竟有多少能被他们接受？进入2009年，见到余青娥，她问我：老师说生活给我们什么，我们就接受什么，那得多大的勇气和坚定啊。我在想，我还应当有新办法，用好我有限的时间。

同时，我也很清楚，他们眼下最想要的就是怎样就业，怎样顺利轻松地融入这社会，怎么样过上最好的生活，我不能给他们这个。我能给的也许恰恰不是他们现在正想要的。

我理解的教育是应当有承继性的，有相对一致的基准线，可是，我没在他们身上看到这个基准。而他们又太需要成功了，这成功甚至应当最快速最简捷地能获得。而我自以为能以润物无声的方式影响他们，结果会不会恰恰相反？假如，他们真的接受了我的影响，一旦离开这间教室和大学校园，很可能瞬间就被现实击溃。我的所有心思和努力，也许正在让他们变成一个个痛苦的人。

在吊着明晃晃日光灯的教室里，我和学生们度过了2008年度的六十五个课时，然后，他们再去其他教室听其他老师的课，然后，三年一眨眼，各奔东西。再然后就完全不知道了。

原载《人民文学》2009年第9期

乡村教育：人和事

格　非

学　校

1971年9月，我开始上小学。那时我才七岁，还没到法定的上学年龄。奇怪的是，我们村的孩子，大多数都是属兔子的，属龙的只有我一个。母亲担心我落了单，找到了大队革委会主任，好说歹说，总算让我当了一名插班生。

学校设在大队所在地的唐巷村，距我们村庄只有一箭之遥。校舍是一座年久失修的祠堂，甚至连屋顶的瓦楞上都长着芦苇和蒿子。因要自己准备课桌和凳子，母亲就将家里的一张枣木的长几抬到学校，权当课桌。我们唯一的老师姓薛，名字已忘了，只记得他略微有点驼背，我们都叫他"薛驼子"。这个薛老师并不每天来学校，他家里的事情忙着呢！

祠堂里趴着一头巨大的"水龙"，那是从古代流传下来的灭火神器。据说附近的村庄一旦发生火灾，报警的敲锣人还没有抵达我们村庄，那水龙就会未卜先知，提前发出呜呜的叫声。长长的压水杆上绑着一条红绸布，大概是图个禳灾去祸的吉利吧。老师不在的时候，我们就围着这条水龙跳上跳下，心里暗暗盼望着由远而近的锣声。偶尔从这里路过的大队干部如果看见我们在嬉戏打闹，就会让我们派两个同学去老师家，"把那个懒虫从床上揪起来"。

有一次，我和一位同学去找薛老师。他家住在村子的最东边，他老婆正蹲在院子的碌碡上喝粥。我们问她薛老师在哪儿，她也懒得搭理我们，只是用手中的筷子朝外面开阔的庄稼地里胡乱一指。原来老师到地里拔黄豆去了。等到老师拔完黄豆，挽着裤腿，赤着脚来到教室的时候，已经快到中午了。可我们老师十分严谨，一点都不含糊，一本正经地从屁股口袋里掏出一本翻得烂糟糟的小人书来，开始给我们讲《捕象记》。那是一本薄薄的连环画，故事讲的是动物园的驯兽师如何去西双版纳捕捉大象。用小人书作教材是薛老师的一大发明，等到我们差不多能够将这本小人书的故事都背下来了，老师就会弄来另一本小人书。比如《泥塑收租院》：妈妈拉着我的手，往泥塑收租院里走……比如《奇袭白虎团》：那是1953年，美、李匪帮盘踞在安平山……

会讲小人书，已经让我们对老师佩服得五体投地了，可他竟然还是一位远近闻名的篮球裁判。他有一枚亮晶晶的铁皮哨子，从不离身。有时，他正给我们讲小人书，大队里就有干部来请他去吹裁判，我们当然前呼后拥跟着他前往观战。一般来说，只要薛老师在，我们大队的篮球队基本上就不会输球。人家刚得球，他就吹人家"走步"；人家明明是投进了两分，他把哨子一吹，说人家"犯规"在先；人家气急了，用篮球砸他，他手一挥，就将人家罚出场外。乐得我们这些围观的人拼命地鼓掌。在那个年代，会打篮球的人多的是，可要说裁判，除了他就没别人了。我们之所以会盲目地崇拜他，是因为他让我们很早就懂得了一个真理：真正重要的不是规则本身，而是对规则的解释权。

薛驼子无疑是我们小学时代最受爱戴的老师。他永远是笑嘻嘻的，从来不生气。因缺了颗门牙，嘴巴关不住风，我们即便当面模仿他说话，他也是笑嘻嘻的。可惜的是，不久之后，薛老师因为"误人子弟"这一莫须有的罪状，从学校里消失了。大队给我们一下派来了三位新教师，与此同时，学校也开始向所谓的"正规化"大踏步迈进了。

我们不仅有了课本和作业本，大队还为我们修建了新的校舍。新校舍不仅有走廊，有教师的办公室和宿舍，门外还修了一个大操场。不过，课桌却是泥砌起来的。桌面由麦秸秆、芦苇和泥巴之类的东西糊成，上面刷了一层白石灰。这样的课桌虽然经济，但却不怎么实用。我们的铅笔一不小心就会扎穿桌面。时间一长，几乎每一张课桌上都布满了大大小小的圆洞。到了春天，这些洞里就会孵出蜜蜂来。当那些肥肥的蜜蜂的屁股从洞里钻出来的时候，我们班上哪怕胆子最小的女生，遇到这样的场面都会显得镇定自若。蜜蜂刚刚爬出洞口，她们通常是用课本重重一拍，身体微微一侧，瞄准窗户，用指甲轻轻一弹，那可爱蜜蜂的尸体即刻就飞到了窗外。

在那个年代，钢笔是身份或权力的象征。通常，你看见一个干部朝你走过来，你只要数一数他中山装口袋里插着多少支钢笔，就可以大概判断出此人的官衔大小。当然也有例外的情况。比方说，我们村里有一个名叫张旭东的人，有事没事，口袋里总插着七八支钢笔。原来他是修钢笔的。这人原来是国民党部队里的一个副团长，虽是大名鼎鼎的历史反革命，却没有什么人敢惹他。据说此人骑在飞驰的摩托车上都能双手打枪。这人不仅会修钢笔，还会自制钢笔墨水。那个年代的常识之一是，凡是反革命分子，一般来说都聪明过人。我们老师用来批改作业的红墨水，就是张伪团副亲自勾兑出来的。

相对于钢笔的朱批，可以涂改的铅笔字迹的权威性必然大打折扣。老师在作业本上给我们的成绩，大抵是优、良、中、及格、差等几个等级。班上有几个捣蛋的同学，因为总也得不上"优"而对老师衔恨在心。有一天，他们终于想出了一个绝妙的主意：趁老师不在，悄悄地溜进办公室，将作业本上那些得优的同学（一般是女生）的名字用橡皮擦去，大大方方地写上自己的名字，再将自己的脏兮兮的作业本上的姓名擦去，写上对方的名字。等到第二天上课，作业本发下来，课堂里女生们"咦"声一片。有个女生带着哭腔向老师提问说："老师呀，你说学校里会不会闹鬼呀？"

我们最喜欢体育课。可学校里没有什么体育设施，除了跑跑步，做做广播体操，就再没别的花样了。有个老师在操场边上挖了一个坑，填上沙子，再用两段方木支起一根竹竿，让我们练习跳高。据见多识广的老师介绍说，跳高有三种方式：背越式、俯越式（也称翻滚式）和跨越式。因没有海绵垫子的保护，要练背越式看来是不行了，我们只能采取俯越式或跨越式。俯越式的优点是容易取得好成绩，缺点是姿态不够优美。助跑以后，整个人跳将起来，脸部朝下，从竹竿上翻滚而过时，那样子仿佛不是在跳高，而是不慎从高空跌落，落在沙坑里还要连滚带爬，很不成体统。因此，尽管老师示范了多次而毫发无伤，这种姿势还是遭到了我们一致的拒绝。我就是采取了跨越式，在公社的运动会上荣夺小学组第二名。可是我们老师还是不满意。他说，若是采用他所擅长的翻滚式，说不定就能得冠军了。唉，谁知道呢？

即便是跳高，也常常无法练习。我们学校的操场不是被大队用来开群众大会，就是被附近的村民用来晒谷子。我们老师与大队交涉过好多次，总也没什么结果。若是晒谷子的人家刚好有小孩在学校念书，这个同学在上课之余，还得肩负驱赶麻雀的重任。有时，课上到一半，就会有同学猛不丁地站起来，朝窗外成群袭来的麻雀扔石头。老师也会终止上课，走到外面的走廊里，"哦嘘哦嘘"地轰鸟。

我们的语文老师是田间地头文艺宣传队的骨干，会唱歌，会说快板，还会说三句半。当然，他的课也上得很好，常让我们觉得他高深莫测。按照他的理论，写作文最重要的秘诀之一，就是要经常使用"突然"这个词。老师说，这个词具有魔法般的效果，一旦出现在文章中，往往能让人吓一跳，至少也会让人眼前一亮。我们试了试，还真是这样。去年我在美国爱荷华国际写作中心，听说美国著名作家雷蒙德·卡佛在教人写作时，竟然也是要求学生重视"突然"的妙用。这样一比较，我们老师在当年写作方面的造诣之深，是不难想见的。除了"突然"之外，我们老师还要求我们多用转折性的词汇。有一次，他在黑板上写了这样一个句子：

今天生病了，但我还是坚持来上学了。

老师说，生病了，当然是不舒服的，但仍然坚持来上课，说明什么？说明精神可嘉。这样一转折，意思就往前进了一层，关键在于这个"但"，是不是？我们一琢磨，还真是这样。可问题也跟着来了，我们若把这个"但"字改成"却"，这句话应该怎么说呢？老师可没教。放学以后，班上的同学为此事发生了激烈的争论，最后得出了两种截然不同的意见。一种以彭荣林同学为代表，他觉得这句话应当改为：今天生病了，我却坚持来上学了。另一种意见以唐德顺同学为代表，他坚持认为"却"的使用应与"但"完全一致，即：今天生病了，但我坚持来上学了。两种意见相持不下，最后我们就簇拥着他们去办公室问老师。也许是为了保护我们讨论问题的积极性，他的看法是两种意见都对。这样，我们就皆大欢喜地散学回家了。

老师在高兴的时候，也会教我们唱唱歌。我学会的第一首歌就是他教的，歌名叫做《祖国的好山河寸土不让》。他让我们唱歌时用丁字步站立，其姿态和"稍息"差不多，简单易学。而且用了丁字步，确实有那么一点气度不凡的意思，我们很高兴地采纳了。可这位老师的另一个音乐理论，却被实践证明是完全错误的：他说，如果将"方"这个音，拆成"福"和"昂"两个音来唱，会好听得多。我们试了无数次，觉得

"福昂"唱法和"方"字唱法基本上没有什么区别，就对他的发明不予理睬。

不久之后，学校里来了一位神仙。

此人名叫解永复，体硕身长，仪表不凡，说一口标准的普通话，只是脸相有点凶。他从不体罚学生，因为他根本用不着。他成天神情肃穆，眉头紧锁，其长相很像电影《铁道卫士》的国民党特务马小飞。同学们见了他就害怕。可他一旦笑起来（这样的时候极少），我们就更害怕了。

这个人的一切都是神秘的。我们都知道他是正规大学建筑系的毕业生，正欲鲲鹏展翅九万里，不料因言获罪，落入人间城郭，屡遭贬谪，最后被发配到我们这个荒凉的小村庄来了。他有些怀才不遇，因而自高自矜，不足为怪。我们当时并不知道他从哪里来，犯了什么"罪"（多年之后，我们才知道，解老师所谓的政治问题，仅仅是因为说了一句"海参崴是中国领土"），只晓得他一来，我们学校的其他教师几乎立即都变成了杂役。他像是变戏法似的变出一门门课来。我们终于知道，这世上的课除了念小人书之外，尚有语文、算术、音乐、美术诸多名堂。不用说，所有这些课都由他一人承担。

久而久之，我们的教室常常一分为二，或一分为三，他教过了一年级语文，再教二年级算术。教完了算术，三年级同学又在那里咿咿呀呀地唱起歌来了。我们学校最值钱的家当，就要算那架不知他从哪里弄来的破风琴了。解老师虽然用它来教音乐，但更多的时候是一个人在那儿自弹自唱。当然，他也教我们弹琴，教会一个，再教另一个。可差不多快轮到我的时候，那架风琴却突然发不出声了。我看见解老师用脚拼命地踩它的踏板，弄得满头大汗，风琴照例一声不响。从此之后，解老师的音乐课只能改教大合唱。那不是一般的大合唱，而是三声部轮唱。我被分在第一声部，歌曲快要结束时，我们要连唱三遍"干革命"，才能等到二、三声部同学的"靠的是"追上来，最后，三个声部合而为一：干革命靠的是毛泽东思想。声震瓦屋，响遏行云。我们第一次知道歌还能这样唱，感觉太奇妙了。比那个教我们用"福昂"代替"方"的老师不知高明多少。

我们都觉得他是魔法师。谁都不知道下一堂课，他会变出什么花样来。他什么都能教，甚至还教我们作诗和游泳。我曾写过一首题为《丰收》的诗，老师在课堂上对它赞不绝口，可说实在的，连我自己都不知道那首诗好在什么地方。我还记得诗中有这样一句："拖拉机隆隆响"，本来极稀松平常。可我们老师认为，这个句子，即便是他本人来写，也不过如此。而我们班的另一位同学，在形容山之高峻时，写下"撕块白云擦擦汗，凑上太阳煮壶水"这样充满了革命浪漫主义情调的句子，可我们的解老师却将它怒斥为"陈词滥调"。说实话，我当时心里虽然因为受到老师的表扬而沾沾自喜，可还是觉得老师对那位用白云擦汗的同学不够公平。毕竟，我做梦都想写出人家那样漂亮的句子啊，可老师为什么觉得它不好呢？解老师最反感抄袭。有一天上课，解老师让一个同学站起来，问他知不知道作文为啥得了零分，那同学说不知道。解老师说，你的作文是抄的。那个同学大叫冤枉，发誓赌咒般的否认。解老师就不慌不忙地拿出了他的证据：原来那位同学的作文开头，竟赫然写着"本报讯"三个字。

有一次，他在课堂上问我们：会不会演讲。我们问他什么是演讲，他说，就是当着很多人说话。我们说，说话谁不会？就是不敢。于是他就一个一个地训练我们演讲。我们不知道他为何要这样做。终于有一天，我记得还在上小学二年级，我被解老师安排去全大队社员大会代表学校发言。我和大队书记并排坐在台上讲话时，我看见母亲一直在下面哭。回家后，我问母亲为什么哭。她先是不语，然后又流下泪来，她说，"你竟然和大队书记坐在一块儿，天哪，能当着上千人说话，要是换成我，早就吓死了。"原来如此。我明白了，她是在为我骄傲。

又有一次，他上课时问我们：想不想看看真正的火车？说实话，尽管我们都一致认为解老师深不可测，是个无所不能的神仙，可这一次我们全都觉得他是在吹牛。火车能随便让人看吗？谁知第二天，他真的不知从哪里弄来了一辆手扶拖拉机，把我们拉到了几十公里外的一处铁道边。我们全都屏住呼吸，焦急地等待火车出现。等到天色将晚，火车还真的来了。我们几乎都不敢相信自己的眼睛，那家伙喘着气，冒着白烟，还拉了整整一车煤，尤其是汽笛那一声怪叫，当场让我们激动得直打哆嗦。回家后，我写下了记忆中的第一篇日记，题目叫做《终身难忘的一天》。

另一所学校

在当时的生产队里，劳动力一般分成甲、乙、丙三个等级。甲等劳动力大多是些男女青壮年，结婚生子后的妇女一般被划入乙等，而丙等劳动力只能是一些老头老太了。但这种按年龄划分劳动力等级的做法也并非绝对，还要考虑到社员的身体状况、对农事稼穑的熟悉程度以及生产积极性等因素。五十出头的老头由于膂力过人而被划入甲等的例子也并不少见。当然，丙等还不是最低的。在我们的生产队里，最让人瞧不上的劳动力大概就是从上海来的那帮插队知青了。他们什么活也干不了。说他们分辨不出麦子与韭菜，大概有点夸张，可让他们在除草时准确地区分秧苗和稗子，简直是太难了。这些人一个个胆小如鼠，见到蛇就吓得到处乱跑。我曾亲眼看见一个知青挑稻子，扁担刚刚落到他的肩膀上，就自动滑落了。一连几次都是如此。最后，这名知青对队长说，"没有办法，我的肩膀天生是圆溜溜的，压不得扁担，还是让我去干点别的吧。"除了出出黑板报，搞点慰问演出之外，他们下地干活也就是装装样子而已。

　　奇怪的是，我们这些十多岁的孩子作为劳动力在投入生产的过程中，一般会被评为乙等。一个甲等劳动力全年的工分大约是一千二百，而初中以后我们这些孩子的工分也会接近八百，这也许可以从一个侧面反映出我们参加生产劳动的频密程度。事实上，每年三个月的寒暑假，我们当然会和社员们一起下地，而每年的春夏之交和秋冬之交各有一个月左右的农忙季节，这时，学校往往会以"学农"的名义放假，让我们回到各自的生产队参加"双抢"。所谓的"双抢"，在春末是抢收麦子，抢插水稻秧苗；在秋末则是抢收稻谷，抢种冬小麦。这还不包括每天早上六点至七点半的早工，午间的除草、施肥和积肥，晚上的开夜工脱粒。这样算起来，我们每年花在农事上的时间至少不会少于在学校的学习时间。繁重的体力劳动压得我们喘不过气来，学校自然就成了逃避劳动的天堂，只有傻瓜才会逃学或旷课。相反，我们在上课时，某一位同学被父亲或是母亲揪着耳朵拽回家去干活的事，倒是时有发生。

　　生产队有专人负责敲钟。钟声一响，社员们就会丢下碗筷，赶往村中的打谷场集合排队。首先是队长讲话——既有政治形势，也有生产动员，最重要的当然是劳动分工。通常社员们会被分为四至五个劳动小组，由组长带队，从事完全不同的生产序列。刨地的刨地，拔秧的拔秧，挑粪的挑粪，采桑的采桑。生产队长或副队长会四处巡查，察看进度，如有必要，也会临时调整、调配人力。

　　一天的劳动结束之后，全体社员会在晚饭后集中到记分员的家中，参加工分的民主评议。因为记分员也要参加劳动，她（他）不可能获悉每一个社员在劳动中的表现。在评议过程中，首先由社员本人陈述一天的劳动状况，并提出自己应得的工分数，交由社员们集体讨论，适当增减。我参加过很多次这样的评议，但从未见到评议中发生争执的情况。社员们对于"公论"的信赖十分明显，这种公论的存在不仅保证了分配的相对合理，同时也是激发社员劳动积极性的重要保证。

自从1981年去上海读大学至今，我不知不觉中已在城市里生活了将近三十年。上世纪70年代的农村生活与如今的城市生活是两种完全不同的经验。不管你是否愿意，将这两种经验进行比较，往往会成为习惯的一个部分。思考的角度和切入点不同，答案也会完全不一样。比如就我的经验而言，在对儿童的教育方面，20世纪70年代的农民对待孩子的方式也许是今天城市里的父母难以想象的。其中最重要的一点，是大人们从未将我们当做孩子看待。尽管大人们时常体罚自己的孩子，但它并不影响他们对孩子真正的尊重。成人世界几乎所有的奥秘都是向儿童敞开的。

　　不过话说回来，这种尊重可不是什么好事。举例来说，孩子虽然只有七八岁，父母都下地干活去了，如果不让孩子学会做饭，那么他们中午回来吃什么呢？大人们将不谙世事的孩童强行拉入成人世界，除了情势所迫之外，也有代代相传的积习所起的作用——在这个传统中，现代意义上的儿童尚未诞生。总而言之，大人们根本没有什么耐心等待你慢慢长大，而是一下子就将你的童年压扁了。当然，这种教育或对待，也并非没有好处。日本学者柄谷行人曾比较过传统和现代社会对待孩子的方式，其结论似乎让人大吃一惊：在传统社会中，真正意义上的儿童是不存在的。儿童，乃是近代才被"发现"或"发明"的一种新生事物。柄谷认为，现代人与儿童打交道的方式，是建立在将儿童视为一种特殊动物的基础上的。由于这种动物在成长过程中与成人世界的人为隔绝，等到他们在十八岁之后被投放到社会中去，他们与这个社会的紧张关系是不言而喻的。交往恐惧等精神问题只不过是后果之一。

　　在高考制度恢复之前，对绝大部分家长而言，孩子上学不过是识几个字而已。一般来说，初中或高中毕业后，他们照例将要复制他们父母的一生。家长们很少关心孩子的学习成绩，倒是对他们在文艺表演方面的成长比较留意，异想天开地希望孩子将来被选拔进县里的文工团、公社的文化站或成为大队文书一类的角色。我曾三次参加各类文艺团体的面试，每次都落选了。而我们班的孙小康同学则顺利地被招进了县文工团，当了一名二胡演奏员，一时间在我们那个村庄里成为爆炸性新闻。当然，父母们更重视的，还是对孩子生产和生活技能的学习和训练。需要说明的是，这种训练或学习过程，并不意味着大人会教你什么。他们挂在嘴边上的一句话是：需要教的孩子是不会有出息的。相对于"教"，他们更重视"看"。

我记得第一次下地插秧时，母亲将我领到水田边，帮我拉好秧绳，抛下几个秧把子，转身就走了。我问她怎么插秧，她说，别人怎么插，你就怎么插。我曾多次央求父亲教我游泳，每次都遭到了他的拒绝，他的理由永远是：这还需要教吗？我让他教我捕鱼方法，教我制作"棺材弓"抓黄鼠狼，他总是说，不用教，你慢慢就会了。还真是这样，所有这些本领，我们自然而然就会了。在农村，很少有什么技艺是被教会的，农事如此，游戏如此，待人接物、迎来送往的礼仪也是如此。我到今天也想不起来是如何学会游泳和骑自行车的。大人们通常直接将你抛入实践，而所谓的技巧或技艺都是实践的后果而非前提。举例来说，在插秧时，你的双脚踩在污泥中向后退的过程中，不能将脚提起来。这是插秧的要点之一。但这确实不需要有人来教你，因为你若是将脚提起来，刚插下去的秧苗就会跟着浮起来，漂在水面上，太阳一晒，秧苗就死了。那么，怎么办呢？你在后退的过程中，只能让脚在污泥中拖行。这是最简单不过的事，在实践中，你会立刻知道要如何去做。

在孩子的成长过程中，生活和劳动技能的训练固然十分重要，但它仍然不是最为关键的环节。在我们老家，大人们经常向你灌输的最为重要的理念，是如何与他人相处、打交道，简言之，如何待人接物。按照他们颇为世故的逻辑，一个人不认识字可以有饭吃，但若是不认识人，是绝对不会有饭吃的。对人的认识，必然要求孩子早早向儿童意识告别，了解成人世界的真相，特别是成人世界的规则。我们很早就被告知，这个世界的运行规则，从外表看充满了鲜花和笑脸，而其内在机理实际上是十分危险的。规避危险的前提，必须建立在对人的基本判断之上。而这种教育或规训的基本方法，就是将成人世界的所有奥秘无保留地呈现在你的面前。这当然十分残酷。正因为如此，与城市里的孩子相比，农村的孩子要早熟得多。我这里所说的"早熟"，当然也包括"性"。

在20世纪70年代的农村，关于"性"的知识几乎是完全公开的，其传播的深度和广度都已达到令人吃惊的程度。农民们在干活时的随便的玩笑和闲聊，比任何毁禁小说都要"黄"得多。我至今不太明白的是，他们为何会当着孩子的面说出那些"令人发指"的荤话，究竟是出于无心，还是故意让我们一饱耳福。那些最粗俗、直接、污秽的话语，由于极不雅驯，不便一一记述，此处仅举一例，或可说明那时农村性知识的"解神秘化"程度。到了上海之后，我也曾目睹过城里人闹洞房的礼俗：什么新郎新娘当众接吻啦，什么新郎新娘同时咬住一块水果糖啦，城里人也许将它视为一种开化或开放的标志，但在我们这些乡下人看来，这种拙劣的表演十分乏味、毫无创意。须知在70年代农村的"闹洞房"礼俗中，被捉弄的对象根本不是什么新郎新娘，而是新娘和公公。这是每一场婚礼的高潮和压轴大戏。在婚礼的尾声，公公头戴一顶破草帽，手执一根扒灰的木榔头粉墨登场，当众表演与儿媳"扒灰"的整个过程。扒灰者，偷锡（媳）也。面对宾客的刻毒提问，公公都必须面带笑容地"照实"回答，一直到客人满意为止。出于对新娘的尊重，儿媳无需直接介入游戏，通常只在一旁傻笑而已。

不过话说回来，真正的偷媳之事，在现实生活中绝少发生。而一般意义上的男女苟且之事，倒是较为常见。今天再来回忆那时的生活，让我感到奇怪的，不是这一类事情的频繁程度，而是当事者的态度。在我的记忆中，从未发生过什么人因为婚外情而大打出手或杀人放火之事，大人们通常只是心照不宣而已。我们村有一个拖拉机手与一个有夫之妇偷情，女人的丈夫是个拉着不走、打着倒退的老实人，对此事假装不知。但后来，居然发展到拖拉机手大白天潜入女人家中，关起门来干好事的地步。女人的婆婆被彻底地激怒了，她找来一个小板凳，堵在儿子家的门口。事情明摆着：老人一刻不走，拖拉机手一刻不能回家。眼看着红日西坠，天色将晚，全村的人都为拖拉机手捏着把汗，最后妇女们主动去做那老太太的工作，好说歹说将她哄走，给拖拉机手争取仓皇出逃的机会。我的意思当然不是说，那时的农村是一个乱性世界，事实上，大部分妇女对贞节都看得很重，可反过来说，"性"这种事，对她们来说实在是一种十分自然的行为，没有什么神秘之处，她们的态度通常更为大度、开通而已。

最后说说桑林。读大学时，常有城里的同学问起"桑中之约"，言下之意，"偷情"何必桑中？要明白其中的奥妙，必须先了解桑园的规模和特点。我们家乡是丝绸产区，桑林通常宽阔无边，一对男女钻进去，往往便于隐蔽。此外，桑树的特点是上密下疏（桑叶繁茂，桑根稀疏），男女在桑中幽会，偶尔被人撞上，即便是在很近的地方，对方可以看见你的脚，却不太可能看见你的脸。你若想规避，还来得及。况且桑林中通常十分幽寂，若是有人朝你走过来，拨动桑枝所发出的声响，老远就能听见。因此，从安全的角度来考虑，桑林的种种优点可想而知。但桑林之美，并不仅仅在于它的广袤和寂静，其中最重要的特质，在我看来，是它的幽暗。谷崎润一郎曾写过一篇脍炙人口的文章，题为《阴翳礼赞》，对中国和日本美学中的阴翳之妙赞不绝口，而在"清真词"中，周邦彦对于朦胧幽暗的光影也情有独钟。密密的桑叶所筛出的清幽之光，既非一无遮拦的"明"，亦非绝对的暗，妙在明暗之间，与外在世界隔又未隔，幽会的双方既在世界的中心，又在世界之外。在我看来，桑中所模拟的幽会氛围，只有一种情境可以媲美，那就是帐中。

对于江南农村那些懵懵懂懂的少男少女而言，有多少情窦初开的故事在桑林中发生？实在是难以历述。不过，他们似乎不必等到高中阶段的生理卫生课，一睹人体解剖图时，才会明白男女性别的隐秘差异。男生们往往用一把猪草向女生行贿，即可满足自己对异性的好奇。儿童或少年的游戏通常不及乱。即便出了乱子，比如私订终身甚至怀孕，也不会天塌地陷。想象中的惩罚从不会真正降临，被"规定"或"禁忌"所吓住的人，总是胆小怕事者。每遇到这样的麻烦，双方的父母往往会将门当户对的陈腐观念丢在一旁，面对现实，在为他们举办婚礼之前，耐心地等待他们长大成人。

桑林是童年的伊甸园，是胆大妄为者的天堂。遗憾的是，当我明白这个道理的时候，我的童年早已结束。

原载《百花洲》2011年第2期

北大中文系，让我把你摇醒

孙绍振

────────

　　近日读友人赠《学者吴小如》，五十四年前聆听吴先生的讲课种种印象不时涌上心头。在当时能让他这样一个讲师上中文系的讲台，可以说是某种历史的吊诡。

　　初进北大中文系，一眼就可以看出，不要说讲师、副教授，就是不太知名的教授也只能到新闻专业去上课，一般讲师只能上上辅导课。当然，刚刚从保加利亚讲学归来的朱德熙副教授似乎是个例外。现代汉语本来是中文系大部分学生觉得最枯燥的，但是，朱德熙却以他原创的概括、缜密的推理和雄辩的逻辑获得爆棚效应，二百人的课堂，去晚了就没有座位，只好靠在墙边暖气管上站着。何其芳先生那时是北大文学研究所的副所长（所长是郑振铎），与吴组缃先生先后开设《红楼梦》专题。吴先生得力于作家创作经验，对人生有深邃的洞察，对艺术有独到的分析，而何其芳先生颇有人道主义胸怀，不同意他把薛宝钗分析为"女曹操"，认为她不过是一种家族体制礼教意识的牺牲品，两人同样受到欢迎。一次，我在北大医院排队挂号，护士问前面一人姓名，听到四川口音很重"我叫何其芳",不免多看几眼。

然北大泰斗学富五车者众,善于讲授者寡,加之北大学生眼高,哪怕学术泰斗,讲授不得法,公然打瞌睡者有之,默默自习者有之,递字条、画漫画者有之。古代汉语本来是魏建功先生开设,但公务繁忙,往往从课堂上被叫出去开会,且到比较关键地方,有茶壶煮饺子,学生替他着急的时候。此课后来改由王力先生开设,先生取西欧人学拉丁文之长,构造了中国古代汉语课程体系,举国传承至今。一代宗师,治学严谨,我听过他的《汉语史》《汉语诗律学》,但是,语调往往由高到低,余音袅袅,杳不可辨。且第二堂课往往花几分钟订正前堂之误,上午第五六节课要上到十二点钟,每每拖课。调皮如我,遂将随身携带的搪瓷饭碗从阶梯教室的台阶上滚下,先生愕然问何事,答曰"饭碗肚子饿了",先生乃恍然而笑。王瑶先生自然是公认的博闻强记、才华横溢,然一口山西腔,不知为何给人以口中含有热豆腐、口头赶不上思想之感。系主任杨晦教授德高望重,讲中国文艺思想史,出入经史、小学、钟鼎艺术,其广度深度非同小可,常有思想灵光,一语惊人,令人终生难忘。其批评郭绍虞新版《中国文学批评史》曰:用现实主义的原则去修改,还不如解放前那本有实实在在的资料。其批评巴金《家》《春》《秋》好在激情,然如"中学生作文",如果把三部并成一部就好。但是,他讲了半学期,装着讲义的皮包还没有打开,学生也无法记笔记,两个多月过去了,还未讲到孔夫子,在学生的抗议下,不得不草草停课。宋元文学权威浦江清先生英年早逝,乃请中山大学王季思教授讲宋元戏曲,王先生舍长用短,以毛泽东《矛盾论》中之主要矛盾和次要矛盾分析《墙头马上》《陈州放粮》,心高气傲的北大学生,保持着对客人的礼貌,纷纷抢占最后数排以便自由阅读。

那是1958年"大跃进""拔白旗"的年代,大字报贴满了文史楼,从学术泰斗到吴小如这样的青年教师,无不被肆意丑化。就在这种情况下，小如先生为我们讲宋代诗文。当时怀着姑妄听之的心情走进课堂。吴先生的姿态，我至今还记得，双手笼在袖子里，眼睛不看学生，给人一种硬着头皮往下讲的感觉。然中气甚足，滔滔不绝，居然是听得下去，接下来几课，还颇感吸引力。我对朋友说，平心而论，这个讲师从学养到口才都相当不错。一些具体分析，显然和以艺术分析见长的林庚先生路数不同，然而明快、果断。至今仍然记得他对陆游晚年的诗的批评是，用写日记的方法写诗，以致出现了"洗脚上床真一快"这样的败笔。

"大跃进"运动很快把课堂教学冲垮，下乡劳动有时长达一个月，课上不下去，后来干脆就停课了。我对吴先生印象也就停留在当年粗浅的层次上。彭庆生同学对他评价道："先生口才不逊文才，三尺讲台，传道授业，解惑沁入学子心脾，20世纪50年代北大中文系学生中便有'讲课最成功的吴小如'之说，故课堂常常人满为患。"庆生同学晚我一年毕业，可能系统听过吴先生的课，有权作全面评价，当然，不无偏爱，若论启人心智，和朱德熙先生那种俯视苏联汉学家、放眼世界语言学、深入浅出、在学术上开宗立派的大气魄相比，吴先生应该略逊一筹。不可忽略的是，庆生当年可归入全系攻读最为刻苦者之列，曾经以躲入冬日暂闭之洗澡间抄写刘大杰解放前出版的《中国文学发展史》而闻名。吴先生能得如此学生的如此评语，当有此生足矣之感。

近日吴先生答《中华读书报》记者问，虽然自谦为"教书匠"，但是，就是在当年，我还是感到了他学养深厚。阅读北大中文系所编先秦两汉文学史参考资料，感到极大的满足。毕业后不久才知道，这两本资料主要是吴先生执笔统稿的。然而意味深长的是，竟然是反右以后留校的一位"左派"告诉我的，他语重心长地警示：这两本资料，尤其是两汉卷，资料过详，原因是执笔者意在"多挣稿费"。这在当时，就给我以小人之心度君子之腹的感觉。当然，仅凭此二册，对于先生的学养，所知毕竟有限。直到20世纪90年代先生耄耋之年，居然以"学术警察"形象出现于文坛，对于学界之虚浮硬伤，笔阵横扫，语言凌厉，锋芒毕露，不由得增加了我对先生的敬意。现在知道先生的学术著作凡数十种，仅其中《读书丛札》在香港北京两地出版，前辈学者周祖谟、吴组缃、林庚先生均给以高度评价。吴组缃先生认为"吴小如学识渊博，小学功夫与思辨能力兼优"，甚至有"无出其右者"之赞语，哥伦比亚大学权威教授夏志清曾言"凡治中文者当人手一册"。

到了20世纪80年代，在改革开放形势下，这位当了三十年讲师的"讲师精"，被历史耽误了，人所共知；又有吴组缃、林庚先生推荐其直接提升为教授，应该顺理成章一路绿灯。但是，煌煌北大中文系，居然不能通过，差一点被慧眼识珠的中华书局引进。不可思议的是，吴先生没有走成，居然不是中文系的幡然悔悟，而是学术上颇为权威的历史系周一良和邓广铭教授"三顾茅庐"的"阻挠"，结果是小如先生成了历史系教授。

对于这样的荒诞，中文系至今没有感到荒诞，而作为中文系的校友，突然想到鲁迅先生的一句话："呜呼，我说不出话。"但是，痛定思痛，我仍然逼出了一句话：这是耻辱。对这种耻辱的麻木，则是更大的耻辱。在这种耻辱感麻木的背后，我看到一种令人沉重的潜规则。

回顾从20世纪50年代以来的系史，这样的潜规则源远流长。20世纪50年代初，中文系容不下沈从文，把他弄到历史博物馆去当讲解员，这还可以归咎于当时的历史环境和时代氛围。1957年驱逐了后来成为唐诗权威的傅璇琮，也可以用他当了右派来辩解。但是，杨天石在五五级当学生的时候，就以学养深厚著称，后来独立开创了蒋介石研究，自成一家，享誉海内外。当年他并不是右派，然而中文系就是不要他，他被分配到一个培养拖拉机手的短训班，后来靠刻苦治学，辗转多方，调入社科院近代史所。在他获得盛名之后，中文系有没有表现出任何回收的愿望呢？没有。钱理群是学生公推的最受欢迎的教授，可是在他盛年之际，就"按规定"退休了。然而，成立语文教学研究所，又挂上了他的大名。可是，有名无实，连开个作文研讨会都没有他的份儿。

从这里，似乎可以归纳出一条定律：这些被驱逐的，本来是可以为北大中文系增光，为北大校徽增加含金量的，而留下的，能为北大争光的当然也许不在少数，但是，靠北大中文系这块牌子为自身增光，从而降低北大校徽含金量的也不在少数。更为不堪的是，还有一些为北大中文系丢丑的，如那些学术投机者。至于一些在学术上长期不下蛋的母鸡，却顺利地评上了教授，对于这些人，中文系倒是相当宽容的，从学术体制上说，这就叫作人才的逆向淘汰，打着神圣的旗号，遂使学术素质的整体退化不可避免。

当然，北大中文系毕竟是北大中文系，选择学术良知的仍然不乏其人。最突出的就是系主任杨晦在1962年为吴小如讲话，盛赞他的贡献，其结果是到了1964年在党内遭到两星期的严厉批判。据知情人讲，当时骨气奇高的杨先生一度产生跳楼的念头。1984年严家炎先生为系主任时，一度欲请吴先生回系。然吴先生出于对周一良、邓广铭先生的知遇之恩，婉言谢绝。这样的学术良知，不成潮流，相反，它显得多么微弱。半个世纪多来，幸存下来的学术泰斗先后谢世，北大中文系不但丧失了20世纪50年代学术上那种显赫的优势，而在许多方面呈现衰微的危机，北大中文系这块招牌的含金量已经到了历史的最低点。

近年报刊上风传钱学森世纪之问，纷纭的讨论至今未能切中肯綮。其原因盖在于，从概念到概念的演绎，如果以吴小如先生为个案作细胞形态分析，则不难看出逆向淘汰的潜规则之所以不可阻挡，具有学术良知者，在行政体制中显得非常孤立，因而脆弱，明于此，也许能够把钱学森之问的讨论切实地推进一步。

这几年北大中文系当道者不乏从内地到港台反复宣扬"大学精

神"，为蔡元培先生的"兼容并包"自豪者。但是，把"兼容并包"讲上一万遍，如果不与痛苦的历史经验教训相结合，在危机中还以先觉先知自慰自得，甚至还流露出优越感，其所云无异于欺人之谈，北大中文系沿着九斤老太的逻辑滑行并非绝对不可能。

吴小如先生九十高寿，学生们想到了为之祝寿，北大中文系居然毫无感觉，这只能说明那些动不动拿蔡元培来夸夸其谈的人，其大学精神已经酣睡如泥。我做这篇文章，除了有意于把钱学森之问的讨论加以深化之外，还有一种出于系友的奢望：把我的母系狠狠地摇醒。

原载《南方周末》2012年9月13日

师门侧记

陆蓓容

———————

一

第一次跟导师联系是在8年前的暑假，高考录取出结果的时候。我发一条短信给这位素未谋面的老先生——其实那时他还不老，不过我并不知道——报告消息。我的志愿因为一些三言两语说不清的原因，从二流学校的中文系拐到这所艺术学院，当然也跟他的建议有关；虽然我们以最宽泛的角度来看，都不能算是认识。

他回复我的短信像一首短诗：撷芹之喜，乐思泮水。秋月明时，还期请益。短信在手机里留了很久，仿佛要叫我相信那个我一无所知的专业与中文一样渊雅可喜，风度翩翩。采芹的典故不见于课本，而对方却预期我知道。这个念头就像桃源洞口的微光，又像一个悄无声息的许诺：那些为了考试而吞下书本的日子已经过去，知识就是知识，如今任我自己去采撷了。

秋月明时我去报到，博导不需给本科生上课，当然我也就见不着他。我倒是很快被各科老师特别关照，他们喜欢找我背课文、回答问题，眼神意味深长。很久以后我才听一位教授半真半假地逗着说，"某某老师常问起你"，紧跟着就是一句，"英语考级通过了吗?"

有一天下午他突然找我去见面。那是第一面，约在一家著名的书店。我依着网上流传的照片，知道他的相貌，讷讷走去自报家门。他带着沉默寡言的大公子，我们坐下说话。所有严肃的话题都已散落在时光之中，只记得他问我在学校是否愉快。低年级的基础课一门门宝孕光含，正大庄严，我真的认为很好。他显得很高兴，对我说:"你本来想学中文，我觉得你的基础足以自学，所以引你来学一些需要老师教的新东西。你不喜欢就很麻烦——喜欢就好了。"我提起一门课的老师，说话略轻而含混，令人困惑。他笑起来:"那个谁啊，是因为他小时候他爸爸教育他不能大声说话……我叫他下次说话响一些。"书店的女主人与我们都认识，做东在隔壁的饭店吃一顿便饭。他茹素，鱼也不碰。我第一次知道他茹素。

回去之后日子照过，那一面仿佛不存在。我很快升到高年级，成绩依旧不坏，但也有害怕的课程。当代艺术既难以理解，又往往狰狞可怖，教室里一打亮幻灯片，我就曲折双臂，把脸埋好，在幽暗中努力地睡着，一直睡到下课起身去食堂。虽然如此，我又乡愿至极，小心翼翼地做作业和考试，一次次有惊无险——哦，这些事但愿他永远不知道。

在那个学校，仰望他的人很多。大家写论文都忍不住要引几句他的文章，好像引了就能挺直腰板，理直气壮地鸡犬升天;有人"夫子步亦步，夫子趋亦趋"，知道他对佛教有好感，也便皈依，看着他茹素，也便断了荤腥。我渐渐觉得这一切浮妄虚空，几次三番地想考研离开，终于又懒又懦弱，还是留了下来。

二

　　我没有什么悬念地成了他的硕士生。考研复试那天，我推开房门，他坐在长桌子的另一头，两侧排排坐着其他老师。我花了4年的时间，走近一大串一大串的中外古人，在遗迹前轻喟，又飞快与他们作别，如今终于要去捉一个自己感兴趣的话题来作以后的"研究方向"。春光从他背后的窗里洒进来，他的身子被剪成了一个闪亮的影。清晰有力的声音滚滚而出，能分辨出一些赞许和建议。我们从前所有的接触总与学术不大相干，即便是讲座，也总是隔得很远，又只能听到一些早已在论文中读到过的想法。而眼下他所做的，针对一个生涩的研究计划，飞速地提出见解，终于叫我觉得安慰而着迷。

　　开学后他找大家见面，来人济济一堂。我十足吓了一跳，根本无法将师兄师姐的姓名和样貌一一匹配，只能沉默地坐下去。在渐渐迟暗的天色里，周围人声起落，我终于找到一点"师门"的感觉。那个当时已经开始悄悄老起来的中年人，成了我的导师。

　　那一天的聚会竟然拖到了晚餐时间。师兄们张罗着在可以炒菜的小食堂占下一张圆桌，各自炒一盘年糕，昏昏灯火就此结缘。有一位看上去特别没溜儿的年轻老师，也不落座，自去交代厨房：下汤面，不要油盐，陪几根菜叶，另用清水炖一个蛋。端上来，就是导师的一顿饭。水炖蛋瑟瑟卧在盘中，他用干净勺子划下蛋黄，拨给一位瘦削的师姐，又把面条和蛋白慢慢吃净。且说没溜儿先生办完这件特别正常的事，在对面下首落座；喜庆的眼神透过厚眼镜底子折射出来，又开始讲各种好玩的话。语涉国事，导师让他大点儿声，以便桌这边几名女生也好听清。没溜儿一笑："小孩儿听什么！"

　　后来我开始动笔写论文，常常牵涉到300年前的国事，一次为此去见他，窝坐在窄小的办公桌边，谈到快1点钟。他低头一看表，急急站起身来：哎呀，得走了，下午还有答辩。忽地哟了一声，一边从提包里摸出筷盒，一边起脚就要走。我不知所措地跟到办公室门口，他已经小跑出几个碎步。天光从走廊尽处的长窗里跌落，勾勒出一件衬衫的轮廓。因为他瘦，"不胜衣"，那轮廓带着一点可笑的宽长。我喊："您慢点！谢谢您！再见！"话音落后才想起，这个时候，食堂怕已关了。

我拼凑起零星知道的信息，知道他很不喜欢应酬。不喜欢筵席，因为吃素；不喜欢开会，因此没有头衔；不喜欢太多的公开讲演，"不想浪费大家的时间"——其实也是不想别人浪费他的时间吧。他忙得不可思议，不是在写在译，就是在读在校，从来没听说什么时候有空闲。他的电话像热线，门生知友半天下，有一次我笑他，他也笑起来，从稿子里拔出脑袋，连说："不，不，我是交游零落。"

有一次学校开会，非要导师坐镇。他哪儿受得了这个，点拨我写文章交差。到开会的日子，我们有一点时间，就在宾馆里闲谈。他立在窗子边上。树荫高峻，很少很少的几声鸟叫，浸在沉沉的冬雨里。窗台上搁着一个白饭盒，上边一行字：眼药水。整整一饭盒眼药水！那时候他视力已有些问题，常要到北京去看病；饭盒躺在青灰的天底下，白得人心里一阵阵发紧。那会儿我也刚从不太好的身体状况中稳住情绪，心情虽已平静，创伤后的压力却拂之不去。说到这些，他说："你要有一些信仰，就会好一些——我不是叫你去信佛，你要有自己割舍不掉的东西，那就是信仰。比如音乐，或者诗。"

这是他对我说过的最郑重的一句话。他总是在伸手帮助有需要的人，帮他们借文献，发论文，找工作，评职称。我从前只知道他待旁人很好，不料想他对自己有这样的崖岸。信仰这样的词，有些人说来几乎滑稽，而他的语气竟很轻松。

那会议有许多古典文学学者发言，然而凑巧，水准都不很高，有一些甚至近于儿戏。他悄悄对我咬耳朵："我们的专业固然也有许多毛病，但比起他们来，你看，格调还是高多了。"我在自己的世界里活得太久，很少想到学科的"格调"，即使想一想，也觉得本专业的泥沙一样多过金子。被他那样一说，竟然有些吃惊，为那种坚定的归属感和信心。

他与那些坚信人类知识能够不断增长，人文精神永不磨灭的前贤一样，从不失去希望。相形之下，我则像一个下决心开始一场新恋爱的小女孩一样弱幼无助，为心上人的阴晴不定苦恼万分。古典文学的庸常论文看得太多，我已经倒尽胃口，绝了回到初恋怀中的念想。我抱着十二万分的诚意开始学习做我们这一行的研究，但是印章嘲笑我识字太少，文献藏在找不到的地方，画上的山石树木且纷纷招摇着，知道我看不出它们的好与坏。

三

我深感挫败，举目四望，前辈们又把我逼得无所遁形。我的导师，这位神奇的老人家，他鼓励学科融通，不在乎专业的藩篱，收罗了一大堆奇妙的学生。我读硕士那几年，上边3个师姐先后毕业。我们鲜少碰见，彼此都不很熟。但是我远远地看着，也觉得她们都有我所没有的从容。

第一位师姐从德国留学回来。五官疏朗，脸型不长不短，下颌微微敛着。因为嘴唇薄，不说话的时候，就像抿住了。她有一把好头发，额前疏疏地分着一道细路，又往脑后并成束。辫子里丝丝缕缕都细顺，可是并不飘，而是直直的。这把辫子有时候放在肩膀前边，也许是为了不被包带压住。我很喜欢，大概因为自己没有。她研究学术史，会德文，替导师接洽事务，清楚，利落，无冗词。

她常穿一件夹克外套，蹬着小皮靴子。有一回，我瞅见她衣袋里冒出一个拼布做的爱心，我看着很喜欢，她就掏出来给我细看。我捏着那软软的心，想：这样爽利的姑娘，也会喜欢拼布？

与她初次见面，当然是见导师。大家等他，屋里连话声都没有。她却从包里拿出一把蔓越莓干，摊开一张纸巾，搁在上边，自然地请所有同门拈着吃。

另一位师姐还要年长些。因为一起上过课，更熟悉。瓜子脸，大眼睛，五官其余则很细。过耳短发，修得齐整，清水一般挂下来。平时背的包已不是学生样。她在拍卖行工作10年，已做到领导地位，说退出，竟然也就真来读书了。可是那包里的文具还很朴素，线圈本，铅笔，圆珠笔。只有笔袋是上海博物馆的产物，蓝帆布上印着祝允明的草书诗卷。

因她长我10余岁，一开始称呼"老师"。后来有一天让我改口叫姐姐，以后也就那么叫着。通常则彼此都不称呼，因为妹妹这种词，我不大受得了。这位姐姐风度很好，瘦，平时休闲服，小帆布鞋子缀着亮片。她说从前上班的时候，必须正装，连很老或胖的女职员都不能免。我将心比心，真替那些阿姨觉得难受。

她施粉底。若不是见过补妆，我是看不出来的。又有一双好看的手。有一天我托着她的手看，喜欢那10个齐齐整整的指甲，又赞美那"纯色的指甲油"。她说，这不是指甲油，是保护膜。我几乎羞愧，因为压根儿不知道世上有这样的东西。

有一次和她一起在南京，听她接电话，絮絮交代重装老房子的事情。皱着眉头，脾气有些急，是不太耐烦的神色。临了又对我有些不好意思似的。她哪知道我在想，指挥装修，那是有家室罢，什么样的人娶了她呢？

我去上海查资料，她在上海博物馆书画部相候，熟门熟路的样子。我问："您认得这里？"她笑："是啊，他们的大领导、小领导，我都认识！"然后吐吐舌头，说要请我吃饭。我虽然很喜欢她，可是不知道能聊些什么。早早做完工作，就回家了。

第三位碰到得更少，但是印象尤其深刻，因为她生就一副聪明相：圆脑袋，宽额头，大眼睛。她很大方，也健谈，善于向人问问题。因是学新闻出身，原不奇怪。她硕士在英国读，回来略工作了一阵又来读书。因为彼邦学制短，年纪上竟一点也没落下。

她喜欢黑与红的搭配，曾穿出红色小开衫，黑裙子，黑丝袜，真是端丽得很。有一次等飞机误了点，足足聊上一下午。讲到感情的事，淡定地说："当时也没别人追我啊，我就答应了。"云淡风轻，像在说别家的事情——她行动力强得要命，有书，有论文，有译著，也有博士临毕业时生下的小宝宝。

四

我眼里瞧着她们，心里愁着自己，导师当然不知道。他太忙，常常约不到，使我心生怨怼：自了汉啊，自了汉。久而久之，我竟也做了一样的自了汉，一不小心就把硕士论文写完了。

那不长不短的3年里，我与导师的接触实在有限。最初我很认真地想着，要怎样令他了解我的性格、能力、志向，从而与他商量着，在研究领域中找到适合自己的一条小路呢？后来我渐渐放弃那样的想法，相信学问只在自修，有个性的研究者，自可以写出与众不同的成果。世界那么大，能够把一件事坚持下去，最终总有可能被承认。对我来说，其实不被承认也没有什么关系。在智力游戏中自娱自乐，消遣一生，也是很不错的事情。

但我对于这一行仍然忐忑，因为所知太少，终日摸着石头过河，很难想象自己能成为合格的专业人士。我平日满嘴跑火车惯了，写小报文章换钱花，仗着只是普通文史爱好者，从来不怕说错话。但我不想玷辱自己的专业，我对它三缄其口。

不料有一回读一部糟糕的书，气得半死，竟然自己坏了规矩，写了书评去批评。我在那文章里咬牙切齿地说，本来打定了主意少谈本行，但这本书糟糕得不吐不快。那书评被导师看到，焉知可曾往心里去？交论文给他，没有什么修改就还了回来。拿去答辩，没有好评，也没有坏意见。忍不住打了个电话去，他说并没有不满意。只不过听说我以后终究还要回头去学中文，所以并不想强求。

　　这真像一部老套的言情小说，花了很久与新恋人磨合好，而对方竟不知道我早已与旧爱决绝。临毕业的六月天，热得人心情沮丧，幸好还会开玩笑——那会儿网上流传的段子，说张怡宁和福原爱打球，不小心输了一局。张大魔头笑着说，乒乓球真有意思。然后把福原爱打得落花流水。我也不管他知不知道这个，急急忙忙地说："我们的专业，嗯，真有意思，我要继续读下去，不会换了。"

　　从我朦胧地立下"做大学老师"的志愿，到硕士毕业的那个夏天，跌跌撞撞，几乎10年。我一再地觉今是而昨非，放弃了许多作茧自缚的想法，说服自己相信学问之路最终是殊途同归。事实确实就是如此，但动笔写论文以前却体会不到。好比一座山，从每个方向都可以向上爬。拜导师所赐，我选了一条未曾走过的路，看到了和预想中不同的风景。

　　不过他很少教人怎样爬山。他借书给你，像借给你拐杖；首肯表扬，像给你打气。但他并不说明何时要手脚并用，何时该敛息屈身。为这个我伤透了脑筋。任谁交论文给他，总是一迭声的鼓励赞许。我只能默默地在心里打折扣——当他说"极佳"的时候，我就很高兴，因为打完折也还是个不错的评价。

五

　　学术界是个金字塔，许多许多的渣滓埋在下面，托起塔尖上那几颗星。这是很自然的事情，不值得大惊小怪，没有那些渣滓，又有谁看得见星光？

可惜机会不均等，并不是每个人都有条件涌向上流。人太多，位置太少，有时大家只能勉强找个地方安顿自己。在每一所大学的宿舍区，都窝着许多可怜的小讲师、小副教授，一辈子写通史，写艺术市场学，写项目申请书。像那些潦倒半生才艰难一官的古代老男人一样，终于靠着这些评到教授，从很不富裕的状况中挣脱出来，筋疲力尽，默默老去。这个无情无义的体制，从来不为渣滓们着想，也不知道扼杀了多少还没有亮起来的星星。

博士生的压力多半来源于此。有时导师还要雪上加霜，生恐写不出好论文的学生坏了自己招牌，终日辗转促迫，逼得人无所遁形。而这一切我从未经历过——我的导师，他从来不这样。就在他视力出了问题之后不久，曾经把我们叫去过。

"我有一个学生，写完论文，一查得了白血病。我还有一个学生，写论文的时候吃夜宵啊，抽烟喝酒啊，结果论文很好，人查出三高……你们来到我这里，看到师兄师姐都很优秀，所以自己都知道努力，在心里互相比赛。我过去也鼓励你们要在论文上下苦功夫，但是现在我不这样想了，身体最重要。"

至于就业压力，他是这样说的：

"不要害怕找不到工作。只要学习好，不会找不到工作。看你们的师兄，他研究文徵明，做得很漂亮，毕业的时候三个学校抢他去。"

高校文科教师普遍很穷，生存辛苦，他也非常坦诚地表达见解：

"先要生存。要找到安身立命之所，先把饭吃上。我并不是瞧不起穷孩子，但是寒门子弟来读这个，日后真的会很辛苦……嗯，我们的研究，其实不妨作为兴趣，未必要当成你的职业。"

这些几乎都是原话，不知为什么，至今还能复述得这样清楚。我有时候会好奇地想，导师大人到底收入几何呢？这不是个好问题，当然从来没有提过。但是我知道他过得很优裕。许多年前，还在上本科的时候，遇见他穿着漂亮的深灰色毛线衣。悄悄绕到背后一看，是很好的牌子。

作为一个文科教授，当然，他有很多书。一般人大概很难想到，书也是财富的象征——买很多书是要花掉很多钱的，而那些现在已经买不到的书，又都已经变得更加值钱。不过对这位可怜的老先生来说，这么些书也是个大麻烦。为了妥善保护古籍，他的线装书放在气候干燥的北方老家。当写论文要用着的时候……我问过："您要乘飞机回去取吗？"

他答非所问："有时候，我在书架前愁死了，找不到我要的那一本。"

他向我提到过的最高数目是20万，那是一部大型丛书的价钱。我们许多人的研究都要用到它，我打电话给他："能否跟学校图书馆讲，请他们买一套？"一听书名，电话那头有点儿激动。

"我早跟他们说了，他们一听要20万，就没了消息。我后来想，我自己也有经费，我用自己的经费买还不行吗？打了报告给他们，还是不理我！某某大学图书馆有这套书，你先去那里看吧，哎……"

我从来没送过什么给他。我很单纯地想，以他那样的身份地位，哪还需要我送东西？可是他送过我东西——3个笔记本和几张纸。

很偶然的一次机会，说完学术，聊到了兴趣爱好。我说自己最喜欢收集笔记本。言者无心，事后早已忘记，到下一次见面的时候，他捎来一个笔记本。下下一次，又捎来一个。第三次捎来的时候，我感动得融化了。他很忙，我已经说过很多遍。一大堆同学都要抻着脖子等上好几个月，才能等到他的召集。这3个笔记本，我到现在都没舍得用。

至于纸，是宣纸，对着光看得出细纹。边栏赋彩，纹样一例守旧。5张大，2张小，拢在一个纸包里。质地虽然不算好，样子却是令人大发思古之幽情。师母写字，家中应该藏了不少好纸。至于我，打开电脑写论文的那一天起，就已经搁下了毛笔。这叫人捉摸不定的7张纸，静静地躺在我的书架上，像是无言的召唤。

六

不管怎么样，见不到导师的时候总是非常郁闷，小恩小惠早忘到九霄云外，只剩下三千丈无明业火。有一次他出国访学，我超过半年没有见到他。那时候一大堆学术问题堆积如山，而这位老人家却不会使用电子邮件！这把我逼得暴跳如雷，面如寒冰，脑门上好像写着生人勿近。坏脾气殃及父母，殃及男朋友，殃及我在研究的早已经过世的老头儿。

今年春上给导师打了个电话，说有一篇论文，想去参加台湾的会议，需要他出面组织，不知他可有兴趣。那时他正在等一个电话，语气极其严肃无情："我不能和你多说。论文我知道了。会议我没有时间。"我的玻璃心撞碎一地。

开学时师门团聚，偏我又在香港。最近上课，想到正是研究生面试，猜他也许在。去办公室撞人，终于撞见了。

我说："因为喜欢朱彝尊，所以写了一篇文章。您明天还在吗？我拿过来。"

他埋头填写一沓快递单，让我坐。我说不行，很快要去上课。他叫师母拿书给我，又说："上次我在等一个重要的电话。去台湾……我主要是，真的很忙。"

为着这特别抱歉的语气，我一时不知该怎么接口，抱着3本新书离开了办公室。师母追出来，拿着手机放照片给我看："你看这是他在写字，这是我写的字。我拍他是想给儿子看，爸爸这么晚了还在工作……"一会儿导师打开门，向她要手机："那个谁的电话号码呢？"师母进去了。

第二天我打印好论文，推开办公室，他们都不在。我把那叠纸放在桌上，退出去，阳光晃得桌面一层亮。当夜有讲座，他们都来听，散的时候导师被许多人围住。我捉住师母说，那篇文章彻底地换了写法，我并没有把握，请您转告他。

昨天收到一条短信，说写得很好。心里有点儿空，坐在地上，又给他打电话。晚风从窗子里一兜一兜地扑进来，掺了尘色的黄昏在慢慢变暗。他很沉静地听我讲，偶尔回答一两句。对我说论文不需要修改，放着也好，发表也好，都可以。我往下讲博士论文的计划，他提一两句意见，大致也都同意。

话题又回到那篇论文。我稍稍缓过紧张，说起引述了某位老师的成果，要向他致敬。那一头有些笑意，说："如果你想的话，发表时可以写上这句话——我认为我们确实应当对优秀学者的成果表示敬意。"我有些吃惊，又提到一处，说自己拿得不准。那头报出一个书名，想了想又跟上一句："方闻写过一本关于王翚的书，你也可以看看。"

我的求学之路很单纯，鲜少跑偏，一条道走到今天。导师大概喜欢我会写诗，又有一支好笔，所以才有师生的缘分。其实诗早已弃我而去，好笔早也搁着荒了。我现在愿意写论文，虽然成绩并不好。有一次苦恼地给朋友打电话："小时候喜欢的，现在不喜欢了；现在喜欢的，却做不到。"对方说："其实你做研究，即使不顶好，也绝不会差。"我当时就被激怒了。

我有时候想，导师真像一个太高太远的恋人。他有很多学生，都很出众。我又虚荣又市侩，只能坐在那一堆人里，一个个将来与自己比。在这个领域，我既不聪明也没有积累，一点点鼓励对我都很重要。是的，就是这样。虽然我知道这位老人家一心与人为善，矬子里拔将军也会挑点儿好的说。但我懂得分辨哪些是真心的。

见面少，长谈更是不易，我甚至没有什么机会进一步地了解他，只是看着他的头发，从黑色的多变成了白色的多。相对来说，还是师母更容易探究些，她很天真，开口时，眼睛会看住你不放。许多年前，我听说师母给上门的同学烙饼吃，想了一下，想不出是什么情形。还听过一个特别像笑话的笑话：有一天下雨，导师出门，师母往他怀里揣了一把伞。后来导师湿漉漉地回来，师母大奇，他说："你只给了我伞，可没叫我撑。"

前两年他60整生日，我想写一卷药师经。起了个头，自嫌矫情，搁下了。我到外面去，遇到其他学校的同学，常常会被问导师是谁。我生恐沾上一点点沽名钓誉的嫌疑，每每别扭着，不想说。被问得多了，也从来没说过全名，希望旁人会想到与他同姓的其他人身上去。

原载《人民文学》2013年第7期

永远的校长——梅贻琦

邬大光

———————

2012年3月，在台湾清华大学访问期间，陈信文教务长陪同我参观清华校园，不知不觉中聊起了梅贻琦校长。陈教务长说，2011年大陆的清华大学迎来了百年校庆，举行了声势浩大的庆典活动。但令台湾清华人有些不解的是，在大陆清华百年校庆期间，安排的所有纪念活动，没有任何活动与梅校长有关。在他看来，这是不应该的。因为梅校长不仅仅是台湾清华的财富，也是两岸清华大学的财富。从台湾归来后，我关注了一下有关大陆清华百年校庆的报道，大致如陈教务长所言。在我与清华的朋友谈及此事时，他们说，梅校长在大陆清华的地位很高，学校有他的纪念馆和雕像，并有专人研究他的教育思想。至于在百年校庆大会上没有提及梅校长的名字，并不是忽略了他的存在，而是其他的校长也没有提。

作为一个非清华人，我无法真正感知梅校长在两岸清华大学中的地位。但作为一个研究高等教育的人，从走进这个领域开始，梅校长的许多办学思想就印在了脑海里。在我看来，以梅校长的性格，他对身后哀荣之事未必会放在心上。今天我们以何种方式纪念他，已经显得不那么重要，关键是如何实现他的大学理想。

大学与校长

梅校长的大学之路，是世界高等教育史上的一个奇迹。作为"庚子赔款"的第一期留美预备学生和入选成绩排名第一的考生，他与清华结下了一生之缘。此后50余年，执掌两个清华大学共计23年，他不仅是清华历史上任期最长的校长，也是两岸担任大学校长时间最长的一个人。这不仅在两岸高等教育史上绝无仅有，在世界上也是凤毛麟角。

从1910至1931年，清华大学20年间更换了13位校长，其中更有11个月没有校长。清华是从梅校长接任之后，才开始稳定下来。潘光旦曾经这样评价梅贻琦校长：清华培养出来的人才中，对母校竭其心力，能如是其全神贯注契合无间的，能有几人？再试问，一般从事于高等教育的人中间，不因时势的迁移，不受名利的诱惑，而能雍容揖让于大学环境之中，数十年如一日的，中国之大，又有几人？这些问题是毋庸答复的（潘光旦：《梅月涵夫子任教廿五年序》，载《清华校友通讯》六卷九期）。

纵观世界一流大学史，不难发现，在一所大学的早期发展过程中，大学校长对一所大学基本制度的建立和风格的形成，通常起着相当关键的作用。在中国，蔡元培之于北大，张伯苓之于南开，萨本栋之于厦大；在西方，艾略特之于哈佛大学，赫钦斯之于芝加哥大学，范海斯之于威斯康星大学，等等，无一例外。一个世界一流大学，在其形成的过程中以及背后，都有一个令人难忘的大学校长。清华园里的一草一木、一人一事都留下了梅校长尽心经营的影子。更为可贵的是，他为这所学校打下的大学精神底色，让它在面对风雨飘摇、惊涛骇浪之时，坚忍前行。

对我国高等教育史稍有了解的人，都知晓梅校长给两岸清华大学留下的精神财富。他倡导的"学术自由、教授治校、中西融会、古今贯通、文理渗透、名师荟萃、鸿儒辉映"等理念，奠定了清华大学的发展理念，使其在很短的时期内就发展成为当时国内最好的大学之一。尤其是在抗日战争时期，"同北大、南开一道，在极其艰苦的条件下，共创了西南联大的办学成就"。他的"大师论""通才教育论""全人教育论""体育论"等，构成了延绵不断的清华财富。"大学期内，通专虽应兼顾，而重心所寄，应在通而不在专"；"大学虽重要，究不为教育之全部，造就通才虽为大学应有之任务，而造就专才则固别有机构在"[梅贻琦：《大学一解》，载《清华学报》第十三卷第一期（1941 年 4月）]。梅校长认为，大学教育归根结底是儒家经典著作《大学》里所说的"在明明德，在亲（新）民，在止于至善"。

梅校长在阐述"大学之道"时，认为"格物，致知，诚意，正心，修身，属明明德"，他明确提出大学教育要培养"一人整个之人格，而不是人格之片断"。而"整个之人格"，则"至少应有知、情、志三个方面"。他尤为强调学子的全面修养，认为"学子自身之修养为中国教育思想中最基本之部分"，而修养抵达的境界外在表现便是一个人的文雅与斯文之气。其实，在他的"厚德载物""止于至善""刚毅坚卓"的理念中，也都蕴含着斯文的内在精神，彰显着一种中国式的文明想象。直到今天，梅校长的大学教育思想，依然是每一个谈清华、论大学的人都绕不开的。

大学校长的角色和定位如何？在当今社会和大学校长的眼里，有无数的注解。然而，在几十年前，有一则关于"功臣"与"功狗"的戏言来形容大学校长，恐怕是所有人没有想到的。"傅斯年在一次演讲中说，蒋梦麟先生学问不如蔡子民（蔡元培）先生，办事却比蔡先生高明。他自己的学问比不上胡适之先生，但他办事却比胡先生高明。最后他接着批评蔡、胡两位先生说：'这两位先生的办事，真不敢恭维。'"听了傅斯年的演讲，北京大学原校长蒋梦麟在《忆孟真》（傅斯年字孟真）一文中自嘲说："他走下讲台以后，我笑着对他说：孟真，你这话对极了。所以他们两位是北大的功臣，我们两个人不过是北大的功狗。"当今的大学校长恐怕不会再把自己比喻为"功狗"之类，而是冠以"××家"的称谓。其实，随着时代的变迁，大学既需要"××家"，也需要被蒋梦麟校长称为"功狗"的人——是具有深邃的大学理念、高超的领导管理技巧、踏实的做事风格、兢兢业业奉献终身的人。

在秉持大学的理念和精神之余，梅校长更是一个求真务实的实践者。面对风云跌宕的时局，国家的领土受到外族入侵，学校的自治受到政治干预，办学经费时常不足。但就在这样复杂艰困的条件下，他在严谨地经营清华基金、理性地处理学潮、真心地保护教授和学生等方面，都展现出求真务实的原则和灵活的治校策略。1936年2月29日，正是年终大考的第一天，国民政府派出军队到清华园清查学生共党分子。事后，学生们认为是校方提供的名单。一天，学生在校园见到拄着拐杖、时任教务长的潘光旦，立即进行围攻，几名学生上前把他的拐杖夺过扔到地上，潘只好用一条腿边站边跳以保持平衡。学生甚为得意，大呼小叫地兴师问罪。这时恰逢梅贻琦从科学馆方向慢步走来，大体弄明事情经过，快步来到潘光旦身边的台阶上站定，面带愠色，表情肃严，眼睛瞪着学生，有半分钟未发一言，显然是尽量抑制胸中的愤怒。夹在人丛中高呼喊打的学生见此情形，顿时闭上了嘴巴。只见梅贻琦往台阶上移了一格，挺起胸膛，对众人厉声说道："你们要打人，就打我好啦！你们如果认为学校把名单交给外面的人，那是由我负责。"现场的学生顿时被梅贻琦的威严姿态和坚硬如铁的话镇住，悄无声息地渐渐散去。许多年后，学生颇为感慨地回忆道："在推打潘光旦先生这一天梅师坚定果断，毫不含糊其辞。这是我们第一次见到梅师表现他在危机情况下，当机立断处事的精神。"

其实现在的大学校长，缺少的并不是梅校长的视野和理论，遇到的困难远非可与梅校长的时代相比。但在大学理念以及治校方略上，大多是停留在认识和口头上，付诸实践的却不多。这就是今天的大学校长与梅校长的差距。梅校长之所以能担当得起"大学之重任"，是因为他"放得下"的东西比我们多。梅校长身上的那种精神，那一股儿"气"，那一种修身养德的功夫，既是一个校长所能躬行实践的使命感和责任感所致，也是一种能够担当的情怀。

在新竹清华大学的梅贻琦纪念馆，梅校长被称为"永远的校长"。关于清华大学和大学校长，台湾学者李敖有两次演讲被人津津乐道。一次是1998年在台湾的新竹清华大学演讲中，提出了"清华人做错了什么？"批评新竹清华大学过分强调理工科，不重视人文教育和通识教育，背离了梅校长确立的"大学应在通而不在专"的理念。一次是2005年在北京清华大学的演讲中，他谈到台湾有一个"假清华"，但有一位"真校长"。李敖提出的问题十分深刻且有趣。即使在今天，这两个命题依然值得追问！"大学人做错了什么？"这是在提醒我们要不断地进行反思；而"假清华和真校长"之诘问，是在告诫如何做一个真正的校长。因为在当今，不知哪一位校长——他的人品风范、大学理念及其对学校的贡献，能够被大学人尊称为"真校长"和"永远"的校长！

梅校长离开了大陆清华，正是由于这样一段特殊的历史，梅校长同时又造就了一个世界高等教育史上的奇迹，一人一手托起了两个清华。这恐怕也是梅校长没有想到的，也可能是他不想看到的。或许，历史的诡谲之处就在于此。一个完整的人，一个完整的大学，一个完整的校长，被人为地割裂成两个清华和两个校长。于时于地于我，总不免有一种怅然若失的风尘错落之感。这究竟是时代的悲哀，还是清华的福气，由后人去评说吧。

大学与斯文

1962年梅贻琦校长过世时，由蒋梦麟等人组成的治丧委员会撰写的祭文不无哀鸣："呜呼——天之将丧斯文欤？胡夺我先生之速！人亦有言：死为无物，惟圣与贤，虽埋不没，如先生者，其庶几乎！"（《一个时代的斯文——清华校长梅贻琦》，321页）将梅校长的逝世形容为"天之斯文丧失"，一定超出了当代许多人对大学的理解。因为在当下的语境中，已经很少有人把斯文与大学联系起来，取而代之的是大学制度或大学治理结构。无独有偶，不久前我在深圳，见到了一个久未谋面的厦大校友，他郑重地对我说，作为一个大学的管理者和研究高等教育的人，应该让大学保留一点儿斯文，不能让大学的颜面扫地。

校友的提示，让我深感内疚。作为一个研究高等教育的"职业"选手，竟然也忽略了斯文在大学中的位置与价值。在我国的大学历史积淀中，斯文曾经有着至高无上的地位，甚至可以说是古代书院的精髓之一。例如，在岳麓书院的崇道祠有一块匾额，上面书写着"斯文正脉"四个大字。再如，王日藻在《嵩阳书院碑记》中亦称："夫五代日寻干戈，中原云扰，圣人之道绵绵延延，几乎不绝如线矣。而书院独繁于斯时，岂非景运将开，斯文之未坠，以始基之欤！"古代书院繁茂在于以"斯文"为使命，"斯文之未坠"既是古代学人对书院的期待，也是书院的内在价值与精神。

我国古代书院作为今天大学的"前身"，一直把培养人的斯文作为目标。以君子之道培养斯文之人，以君子之道去改造整个社会，维护社会的和谐；用君子之斯文去形成社会风骨，促进整个社会从愚昧残暴走向文明礼制。孔子曾说："天之将丧斯文也，后死者不得与于斯文也。"他老人家最焦虑的是"礼崩乐坏"，斯文不再，国将不国。中国近代大学滥觞时，坚持了这样的想象。

用现代的眼光来看，斯文亦是知识分子的一种气质。而梅校长不仅在理念上弘扬着大学的斯文，在行动上也践行着一个学者的斯文。例如，梅校长性情温和，不轻易主导意见，是斯文，是君子之风；他到达南京后，南京政府任命他为教育部长，他坚辞不就，也是斯文，是君子之气。反观今日大学校长，多少人一时风光无限，但谤亦随之。唯梅贻琦校长生前未"暴得大名"，身后仍为人"翕然称之""胥无异词"。

斯文赋予大学的内涵是深刻与全面的，既是大学区别于其他社会机构的外在形式，也是大学的一种品位和气质，还可以说是大学的一种组织文化和道德寄托。例如，大学的各种开学、毕业、授予学位的典礼，甚至包括穿着打扮，都有着斯文的要求。牛津大学就有关于学生正式着装的严格规定：男生的正装打扮必须是深色西装、深色短袜、黑色鞋子、白色领结、黑色礼服外套（衬衫袖子必须掖在外套下），女生的正装打扮是黑色裙子或裤子、白色衬衫、黑色丝带领结、黑色长袜与黑色鞋子。除了学校的典礼，参加考试也是要求穿正装。这被称为牛津郡一道"斯文靓丽"的风景线。

一个时代有一个时代的斯文，一所大学有一所大学的斯文。斯文本是属于一群人的，不仅仅是属于一个时代，如果斯文让一个时代带走了，这不仅是一个时代的悲哀，也是这个时代这群人的悲哀。

当有人提出"给大学留点儿宁静、留点儿斯文"这样一个朴素的要求时，恐怕真的是需要我们反思了。如果用斯文来要求大学，可以说这个要求并不高，但又很难。因为，现代大学制度已经成为我们的追求目标，而在很多人的眼里，斯文与现代大学制度是风马牛不相及的概念。但是我们不要忘记，制度是冰冷的，精神是温情的。在提倡制度的背景下，给大学保留一点儿斯文，应该是大学制度建设和内涵式发展的应有之义。大学的薪火相传，在于延续的斯文，而非在庸俗的泥淖里越陷越深。

　　梅校长体现着斯文。他把自己比喻为京戏中的"王帽"角色，唯运气好，非自己能干。但他在治校上确有其过人之处。据说，梅贻琦执掌大陆清华时，清华的教育有三难：进校门难、读学分难、出校门难。哪怕是获得了59.99分的成绩，也必须重修，且没有补考。严谨之道如是，斯文之气何求！

　　凡是与梅贻琦校长交往过的人，都对其寡言慎行、刚毅稳重、木讷仁爱的性格有深刻印象。梅校长话少，更少下断言，时人称之为"寡言君子"。学生曾戏作打油诗一首，描述梅校长说话谦逊含蓄的情形："大概或者也许是，不过我们不敢说，可是学校总认为，恐怕仿佛不见得。"所以陈寅恪先生不无感慨地赞誉："假使一个政府的法令，可以和梅先生说话那样严谨，那样少，那个政府就是最理想的。""为政不在多言，顾力行何如耳"，这是梅贻琦校长的座右铭之一，也为今日的大学管理者做出了垂范。

归人与过客

　　梅贻琦校长的墓地在新竹的清华园内。把校长安葬在校园内，在中外大学中都是极为少见的。出现此种情形大致有两种情况：一是校长生前有此愿望，例如，厦门大学已故校长萨本栋生前就表示了此种愿望，后来厦大鉴于萨校长对学校的贡献，就把萨校长夫妇合葬于校园内的成义楼旁。二是校长身后人们对其地位的认可。

　　1962年，梅贻琦逝世后，治丧委员会建议把梅校长安葬在校园内。当时有人私下议论说，如果每一位校长死后都葬于校园之内，那将来校园不就成为校长墓地了么？但这样的议论并未动摇治丧委员会的决定，他们说："我们仍然将校区内的一个山坡上的一片相思林地划做了校长的墓园，就是今天的梅园。我们认为，以梅校长和清华的关系，不是任何一个大学校长和学校的关系所能比拟的。其他学校的校长，不可以校园做墓园，但是梅校长却可以，因为清华和他已经融成一体了。"与梅校长和萨校长相比，另一位大学校长，一位自称"是一个中国人更甚于是一个美国人"的司徒雷登，就没有那么幸运。司徒雷登曾担任燕京大学校长近三十载，在闻一多看来是"一位和蔼可亲的学者"，虽有安息燕大校园的遗愿，却只能侧卧杭州，孤寂地注目北方的燕园。

"勋昭作育"四个大字刻在梅校长墓地的石碑上，这使我想起了台湾诗人郑愁予的两句诗："我不是归人，是个过客……"梅贻琦作为一个大学校长，留给人们身后的思念就是一种归人。归人者，既是一种乡愁的秉怀，也是一种永远的怀念；过客者，不过是无根的往来。梅校长是一个秉怀大学理想的归人，清华大学是他的归宿，他的故国，他的精神故乡。"生斯长斯，吾爱吾庐"，梅贻琦深情地渲染了他与清华的血缘之亲，也表达了他对清华的挚爱。

在大陆，几乎所有的大学校长都知道梅校长，尤其是他的"大师论"，几乎成了所有大学校长的口头禅。1931年12月2日，梅贻琦校长在就职演说中，掷地有声地提出："所谓大学者，非谓有大楼之谓也，有大师之谓也。"但我们常常忽视了这句话的仿照对象，其出处是孟子见齐宣王曰："所谓故国者，非有乔木之谓也，有世臣之谓也。""乔木"与"世臣"之别，对理解梅贻琦与清华大学间的关系十分重要，"世臣"意味着对"故国"的不同的价值认知。梅贻琦将清华认作"故国"，而自己便是"故国"的世臣了。

人们之所以怀念梅校长，除了他留下的精神财富之外，还在于他用自己的行为，感染了无数人。他不为名，不为利，而将自己的血肉浇铸进百年清华的气脉之中。人有人格，校有校貌，而大学管理者能将两者融为一体的，可谓凤毛麟角。蔡元培校长做到了，梅贻琦校长也做到了。目前的很多校长总缺少一种对大学的亲近之情，归宿之感，更像是一个来去匆匆的过客。大学成了一副跳板、一个平台，而抱负、理想、百年基业离大学渐行渐远。

梅校长离开我们整整半个世纪了，他的时代也如黄鹤般杳然飘远，可是他留给我们的精神、志业还在绵延。今天，作为大学人，都应该有梅校长那样的担当，那样的大学情怀，从梅校长身上汲取智慧和人格力量。与梅贻琦校长的重逢，相知，应该是大学管理者都应有的自我反思。

原载《读书》2013 年第 2 期

北大回忆

张曼菱

逝去的教授

在阳光明媚的北大校园，隐藏着许多不久前的阴影。

入学第一学期，在建校劳动中，我不慎被砖头砸了头，当时晕倒了，马上送往北医三院，诊断为"轻度脑震荡"，闹得班里系里一阵忙乱。

我在校医院住了几周，因此认识了历史系许大龄教授。

许的夫人与我同一个病房。每天许教授都来陪夫人，一进来，就要问："今天怎么样？"然后坐下，说些家常。

许先生，人略矮胖，圆脸，戴一副黑框眼镜。他的外衣总不扣上，敞穿。每次进来，夫人都要说他，"当心着凉。"他就听话地扣上，一副宽松随和的学者样。

这是一个恂恂君子，无论与医生护士讲话都轻言细语，与夫人相濡以沫、相敬如宾。

我和他在病房里大侃，诸如："农民起义对历史是什么作用""明清萌芽的人文思想为什么后来没有真正地发展起来""《红楼梦》值不值得搞一个'红学'"，等等。

那时候的大学生，喜欢为国家开处方找良药，一股启蒙的思想浪潮正席卷全国。

许大龄是清史专家。我问他："当今的中国人，应该算是汉唐的子孙，还是元清的顺民?"

我以为，中国知识分子从元、清之后，败类增多，风气下流，这与两次异族的征服有关。

《红楼梦》里袭人的奴才性格就是这样形成的。而黛玉、晴雯、司棋、紫鹃、鸳鸯这些人，有信念有感情，从一而终，是汉人风骨的传人。

许先生说："现在不能这样提问题，都是民族融合。"

我却认为，不能抹杀一个朝代对国民性的塑造。屈原那个时代，也是中国内部的分合格局，历史授予他"爱国诗人"的美名，其实他爱的也就是楚国。而岳飞、屈原的品性，都融入了"大中华"的范畴。

精神的遗产，一种品格是可以超越朝代和国度传承的。在元、清朝代所铸造的奴才品性，也会超越时光而传承至今。

当时启蒙派有一个观点提出：中国的封建社会为什么这么长，为什么是一个不可崩溃的体系，超稳定结构。就是说每一次破坏都是重复建设这种体制。

记得这好像是金观涛提出的。有一套"启蒙丛书"，当年风靡校园。每一本都很薄，主要是一些观点的构架，提供新的思维模式，在当时很有开拓意义。

这也是我和许先生讨论不完的话题。这种话题就在眼前的现实里，使得历史和理念都变得鲜活。

出院之后，我成为许先生家的常客。令我意外的是，他住在低矮的平房里。拥挤黑暗，还有屋漏。

许先生说："原来北大教授们的房子，都让给学校的工人阶级住了。"

不久，上面又让许先生家重新搬回原处。许先生说："我们住惯了。工人同志人口多，让他们住那大房子吧。"

但这是"政策"，有人来监督执行的。那家工人骂骂咧咧地，只好又搬了出来。

许先生一家搬回去后，见房子被损坏了不少，楼梯上的扶手有斧砍的痕迹。帮忙搬家的学生都很生气。

他说："算了，别吱声，人家心里有气，才拿这房子出气。"

许夫人告诉我近来发生的一件事情：北大应邀组团赴国际学术会议，因为安排开车送机场的那位司机"心里有气"，故意"晚点"，几位学者都没有能赶上飞机。对方来迎接的时候，只有一位团长走下舷梯。当官的有专车送。

庄严的北大校园内，堂皇的师道尊严后面，有着太多的屈辱和隐忍。

一个大学，不就靠名师支撑吗？师长没有尊严，名校还何名之有？

一个星期天，我又去他家，发现许先生和他的爱人有点紧张。他们互相看了看，许先生就说："还是我来说吧。曼菱，对不起你，我们早应该告诉你，我是'梁效'。因为我们很喜欢你，怕你知道后，不来了，所以现在才告诉你。本来，应该是一认识，就告诉你的。"

许先生说着，和夫人一起露出惭愧的脸色。

我虽感意外，但立即说："许先生，这算什么？谁不知道，这是他们强迫的。他们要拉名家史家来充门面。这跟您有什么关系？您哪里知道他们要干什么?"

许先生说:"不管怎样,应该告诉你。"

我说:"那年头的事,不能当真的。"

许先生说:"那天听你提起在云南被打成'反革命'的事情,我们都觉得对不起你。"

细思之,的确有些骇然。那些事只在几年前。怎么能想象,我这个因"纪念周总理"受尽迫害的边疆小工人,和那做尽恶事、高高在上的"梁效"之成员,竟在北大校园成为"忘年交"?

过去的岁月,一切竟如幻境。它是那么不真实,是荒谬的,它把善良的人们划成敌对。我们都是被摆布的,犹如陀思妥耶夫斯基那部《被侮辱与被损害的》。

我自然还去他家,但许先生总有些压抑,情绪不佳。我珍惜与他们的这份情谊,这是我们的新生命。我还想向他请教和探讨清史、红学,还有民族的命运。

我们本该继续着从医院开始的欢乐笑谈,在他淡泊朴素的家里,享受师生之谊的人生妙趣。但很快他夫妇俩都卧病在床。

许先生不久就过世了。我总感到,这跟他的痛苦有关。

他是清史专家,为人谨慎厚道。所谓"梁效",许先生只是那些被强迫加入的知识分子中的一个,他照样地被赶出了教授的小楼。可是他的良心却为此饱受折磨,直至心碎。

每当想起那个夏季里,那一天,许先生在那间低矮的小平房里,那副欲言又止的惭愧神色,我就想吼一声:先生!您别再给自己顶上那么一顶罪孽的帽子了。在这社会上,多少厚颜者,干出了多少无耻的事情,却毫不赧然,依旧身居高位,堂皇有功。您这样的恂恂学者,是不该为这个历史的垃圾负责的。您从厚厚的眼镜片里,看透多少书中历史，可是您却没有看透这现实中的社会。

在校园体制中，真正令人畏惧和有所求的，依然是权力的尊严。

老师们被捆绑、打伤和侮辱，还不是真正的耻辱。他们之中有的人曾被迫做自己心目中离经叛道的事情，这使得他们在学界和学生的面前永远地失去了内心尊严。

许先生给我的警示是：我绝不要做一个单纯的文化人。知识的面是广阔的，我要学习那种"如何利用我的知识"的知识。我要做一个自为的自然人和社会人，绝不能再做一个受摆布的"书中人"了。

当年我们在北大校园生活，绝少听到人们谈起"文革"的事情。

也许人们都在忙于营造春天和光明吧。到我离校后，才读到一些人们的回忆文字，揭示出北大校园黑暗时代的细节。

燕南园，未名湖幽静的后湖小区。很多居住在那里的学者入狱，挨打，被关押，劳改和死去。那是北大的黑色年代。

这才是许大龄教授难以解脱的深层原因。这是那段时期误入歧途、进入"梁效"圈子的许多学者难以自我解脱的灵魂重负。在那个头衔下面，繁衍着太沉重的罪恶。

当时我这个刚从云南过来的学生，给许先生带来了一种天真的师生之情，所以他万分珍惜。

最终，他舍弃了这个世界。也许，他明白，政治已经将他这个纤弱的书生卷进深渊。

我怀念许大龄先生。他具有一个恂恂学者的真挚性格，在他内心的痛苦与矛盾里，还能辨识出学界的清浊与歧路。

谁能料想到，在许多年后，当今占据大学讲坛的某些人，从他们身上已经完全看不到清浊之界，亦无耻辱与愧疚可言，他们直接就是市侩了。

逝去的一代教授是珍贵的。

季羡林 "不默而生"

季先生常用戏谑的口吻说："近年季羡林走俏。"

我认识季先生，是在他没"走俏"、我也颇不合时宜的年月。

此去三十载，相识风雨中。

1980年，北大爆发了轰轰烈烈的民主竞选运动。

现在的小学生都知道竞选了，可那时，"民主"的意识甚至在北大也很可怜，人们可以忍受一个不认识的官方提名之人，却不能忍受自己熟悉的人成为"候选人"。

作为当时第一个女竞选者，我受到强烈关注。加之我个性自由，平时口出狂言，爱唱爱跳，剪了一个男孩子的"寸头"，为当时一些同学所不容，不是传统中的"代表"形象。

就在中文系78级，我的同班人以"大多数革命群众"的名义，贴出大字报，把我的恋爱和宿舍夜话甚至上课早退等"劣迹"公之于众；正在社科院读研的男友，也与我分手了。

时任北大副校长的季羡林看了那些大字报，矛头一时都指向一个女生，担心我承受不住压力发生意外。他曾叫人暗中跟着我夜行。

我被带到季先生的家中，受到他的抚慰。

看我大大咧咧的样子，"已摒忧患寻常事"，他就与我谈开了人生与学问。颇为融洽。

在朗润园沿湖的一楼底层，季羡林朴素无华的居室永远是"小乡镇水平"。而居室对面的那个单元里，厨房、水房、通道、住房里堆积着的书山，则属于"国家级图书馆的水平"。

毕业离校时，季先生将刚刚出版的一批书赠我，是印度史诗的译著。文字清明，有东方素朴之风。记得有我喜爱的《沙恭达罗》。

1986 年岁末，电影《青春祭》在美国举办"中国电影首届新片展"，作为原著和编剧，我应邀访问好莱坞。

飞机起飞后，我突然收到先生派人送来的信。

原来，他担心我第一次到美国，万一钱不够花，或有难处，特意将我介绍给他的几位朋友。

这封信是通过同机的中国民航的一位工程师，以一种非常特殊的方式送到我手上的。当机上人们进入睡眠时，客舱的喇叭忽然呼唤我的名字。我和代表团的成员莫不惊讶。

回国后，与他相对，他却只字不提此事。

季先生有着激越坦荡的情怀，但一生中轻易不露。

老秘书李玉洁曾说，季先生像老和尚似的，秉性活泼的我却能与他一坐几个时辰。每知我到京，先生都会兴奋地等待。

季先生非常细腻和敏锐，谈话直指人的一种精神需求。他总是对我最狂妄的思想与作为给予明白的肯定。他和我共同思索着，此"忘年"也。

季羡林执着于记忆中的每一桩珍贵往事。他曾对我讲过鲁迅，讲过胡适，和他的恩师陈寅恪。其神情谦恭无比，如师长犹在前。

他说，他们都非常爱护年轻人。

北大郝斌先生曾跟我讲过他陪季老去台湾的事。

当时邀请一来，季先生马上就答应了。说明他心里有事，想去。

到了台湾，季先生就提出要去谒胡适墓。

那天，郝斌跟在他后头。季先生上前恭敬地朝着胡适先生的墓地三鞠躬，然后回头对跟在后面的郝斌说："鞠躬！"语气很严厉，容不得半点商量。这在季先生是很少有的。郝斌于是也鞠躬如仪。

后来郝斌跟我说："他不叫，我也是要鞠躬的。因为他在我前头，我意思得等他行礼退下，我再上前行礼。不料季老那么性急。他怕我不行礼。"

回来之后，季先生写了《站在胡适墓前》的文章。这埋藏在他心中已久的感情终于宣泄。

季先生是一个有心灵底线的人。大陆多年来批判胡适，季先生沉默不语。该守望的东西，他没有丢掉。

胡适最重要的名言是："宁鸣而亡，不默而生。"

季羡林的人生，在历史的重要时刻没有沉默。季羡林的声望达到极顶，应始于北大"百年校庆"。

在北大百年校庆的宏大舞台上，季先生有壮观的表演，没有辜负观众与时机。在这个举世瞩目的场所和时段，他推出了重要著作《牛棚杂忆》。

《牛棚杂忆》忆"文革"，论视野和深度，不及巴金的《随想录》和韦君宜的《思痛录》。然而，他对人性的透视，对自己的透视，却力透纸背，令我敬服。

其中一个细节，他写自己在被工宣队监视，连上厕所都被跟着，他却坦陈，竟然为发现地上的一枚硬币，没机会去拾而沮丧不已。

知耻近乎勇。还没有人在反思"文革"的时候，对自己的剖析达到季羡林先生这样真挚与痛心的程度。这令人想到鲁迅的《一件小事》。

季先生其实完全可以只写自己"如何在看大门的时候偷偷地进行翻译巨著的工作"，给自己留下一个知识分子的"面子"。可是他不放过自己精神史上这最丢人的一笔。

他把"文革"的源头直接追溯到了中国人的国民性，与鲁迅的鞭挞相衔接；这或许是比政治更加深刻的原因。

季先生从一个孤儿自幼奋发，至清华深造，留德时期备尝家国辛酸，他追随大师陈寅恪、胡适等，从不放弃学业精进和人格修养。

可是那连战火与贫寒都不能改变的风骨，在"文革"中却有此颓唐的沦落。

季先生把"文革"称为"人类悲剧"。

他继承了鲁迅的那种自我剖析精神，通过对自己萎靡精神状态的暴露，指出了国民性的贫弱，是由于体制的精神剥夺。

《牛棚杂忆》说："我们既不研究（指'文革史'研究），'礼失而求诸野'，外国人就来研究，其中有善意的，抱着科学的实事求是的态度，说一些真话，不管是否说到点子上，反正说真话比说谎话强。"

季羡林疾呼"研究文革史"。这使他与巴金、韦君宜殊途同归，成为中华民族觉醒之良知代表。

在国内的"文革"回忆停止出版的局势下，季羡林利用他的名人声望造势，借北大百年校庆的劲风，大声疾呼："建立'文革'史，研究'文革'。"在别人不能出"文革"书的时候，季羡林的《牛棚杂忆》以轰动式的效应大批推出。

季先生此举居高而借风，可谓谋划已久的大举动。

对此他是有意为之，有志为之，绝非偶然。他的书中讲道：现在国外人在研究"文革"，而中国无。这就已经证明他打破禁锢的明确意识和决心。

尊荣之际，他并没有迷失。

那些瞧不起季羡林的人，他们有如季羡林这样严肃地回忆过"文革"、剖析过自己吗？反之，有的人虽身受其害，而写起"文革"来，避重就轻，风花雪月，淡如游戏，愚下媚上，还自鸣得意。这是新的犯罪。

人总得扛住一点什么，才对得起自己的一生，和校园、家国。

我带回家的《牛棚杂忆》，立即被父母亲轮流争读。

母亲说，她喜欢季先生的清淡文字，如同与朋友面谈。同为大学校园知识分子，她回味着浩劫时代自己感同身受的遭遇。

　　父亲则沉思道，此为有胆识之文字，应该收藏。于是放在他为数不多的案头书中。

　　因为这本书的坦诚风格，父亲向我详细询问了季先生的生活现状。时值中秋，我说，季先生喜欢吃云南的火腿月饼，每略加品尝后，在月色之下，走到门前的湖前看荷花。

　　父亲郑重交代我："以后每年中秋都要给他寄去。记住。"通过《牛棚杂忆》，父亲已经把季先生惦记心头，视若亲友。

　　后来，当我向季先生哭诉父亲逝世。他为我写下了："曼菱无名有品无位有尊。"

　　如今中秋之月，留下我独自守望。古人云"代无穷已"。倘若没有了这些人间的情节，那一轮满月之辉亦无意思。望月，乃是望人生，望别离，望期冀。

　　先生逝后，托人转交与我一幅"天高秋月明"。原来先生也如此望月，这是一种内心清明的勉慰。

　　北大这块风水宝地，世世代代地总要出一些忧天的杞人。然而，思想与现实的巨大冲突，一次次的伤害，已使校园的众多优秀心灵远离尘世，渴求宁静纯和，人们不再习惯于正面交锋。现代的"杞人"已习惯于压抑式的表达。

　　但季羡林没有选择低调，他"百年老病独登台"，不避锋芒地成为主角。这种差异，细思之，是很多有价值的人已比他更虚弱了。

　　在与国家最高领导人江泽民见面时，季先生直言不讳地指出当今弊端。他说，目前社会上"重理轻文"，必有后患。李岚清来给他拜年，他说，中国知识分子是"价廉物美"。

　　他对我说过，国内的文科无院士，这是不尊重文科所致。

　　温家宝去看望他的时候，他说："现在讲精神文明，物质文明，还应该加上一条：政治文明。"

在301医院的病房中，他提醒我写《北大回忆》。他说："应该写，值得回忆。"也是基于这种"不默"的精神吧。

有年轻人出世，把北大的老先生们一个个拎出来贬斥一通，说这个的散文不行，那个的讲话如何，意思是"北大导师不过如此"尔尔。

写此"灵性散文"的人，不知道是否了解中国和北大走过的那些沉重的道路。出身于此校园，他是否知道，北大驶过了怎样的惊涛骇浪？是谁坚守在北大？是谁坚守在中国的思想阵地上？又付出了怎样的代价和牺牲？当献身之刻轮到他的时候，他是否能做到大师们的一二？

2007年夏秋之交，季先生逝世。

我急赴京城，携白菊与百合。一面电话遥嘱北大郝斌师兄，为我书写挽联。此时，自然而然从我心底里流出了两句苏诗："荷尽已无擎雨盖，菊残犹有傲霜枝。"

季羡林曾在耄耋之年涉入时代风暴，和孙子辈的学生们站到一起。风波险恶之际，他以晚年衰躯维护青年学生，可谓"擎雨盖"。

在血与火的考验面前，他始终不渝，曾自愿去要求与学生们一起领受铁窗之役。

记得当年对太炎先生也是人言籍籍，但鲁迅在回忆太炎先生时说："考其生平，以大勋章作扇坠，临总统府之门，大诟袁世凯的包藏祸心者，并世无第二人；七被追捕，三入牢狱，而革命之志，终不屈挠者，并世亦无第二人；这才是先哲的精神，后生的楷范。"

曾经"流放"——倪其心

倪其心老师留给人很多细节的回忆。

他寡言。但有这些细节，就嵌刻出他那不同凡响的个性，不为岁月所磨朽。这使我时常会将他当作是一个同辈人。

初来上课时，倪老师讲授的尽是他个人的研究心得，非常独到，令人惊喜。使这门"古典文学"课和另一门"古汉语"课完全地分开了。

上课的时候，只听见大家记笔记的"唰唰"声。

大约是他在流放地积压太深，我们这批老大学生就成了他的第一批知音。

可是好景不长，不久，他说，这不合教学大纲，还是要按照"大纲"讲，我们立刻群起反对。他看了我们一下，转身在黑板上写字，真的按照大纲讲起来了。

一天，我去南校门外的长征食堂。

每当馋得不行了，我和冬就跑那儿，两人合吃一盘炒肝尖。那天冬回家了，我一个人进去，人挤，好容易找到一个空座，坐下，对面一个人在喝酒吃饭，正是倪老师。

我说："老师你好！"

不料他把手一指，说："我不认识你！"

我愣住了，生气地说："你给我们上过古典文学课。"

他把手放下来，说："哦，那是替费振刚老师代课，你是文学78的？"

这么个性格。回来我对宿舍里的人说："怪不得当右派！"

倪老师讲课的时候，从来不看学生，他的眼睛一直是看着窗外的，好像那里有什么吸引他的东西。

有一年他来参加我们的新年晚会，大家要他出节目，倪老师沉思了一下，唱起那支悲伤的俄罗斯歌曲："茫茫大草原，路途多遥远。有位马车夫，将死在草原。"这支歌，我当知青的时候也唱过。当时就有一种冲动，很想接着他唱下去："车夫挣扎起，拜托同路人，请把我埋葬，不要记旧仇……"

然而我没有出声。直到现在，倪老师已经过世了，我还在懊恼自己为什么当时不唱出来。

我记得他那忧郁而分外寂寞的面孔。那天晚上他很快就离去了。

如果当时我唱了，他就会感觉到我们师生都经历过的流放之苦，不同的历史，共同的心声。它能使师生之谊深化，令老师的表情不再那么孤寂。

倪老师也曾是北大学生，女生中自然有好事者，打听来很多他当年的风采、逸闻和厄难。

他曾经是中文系的才子，女友也是班上的佼佼者。一场"反右"使他丧失一切。我们入校之后，他才重返讲坛。

我对倪老师深怀敬意，而非同情。有的人你是没有资格去"同情"的。这就是那些为中国的进步呼喊和付出过的人。

那个年代有一句话："别想混入右派队伍。""右派"在80年代已经成为某种有内涵的荣誉桂冠，它意味着独立思考与独立人格，意味着耿直与正义。

"右派"的悲剧绝不属于个人。失去了这一批精英的中国社会，不断沦落，堕入更大更深的悲剧迷潭。所谓"摘除大脑页"的时代从此开启。

倪老师在他的同类中是幸运的，他终于回到了北大。他出书的速度是很快的，是在他被压抑的时候就写下的。很快他就带研究生了。

我们是看着他重返校园，立命安身，成家生子的。他在我的心目中可谓应了一句话："穷且不坠青云之志。"这话我从来没有对他说出。但我心已自认定，如果一旦劫运轮到我，我会像倪老师一样，绝不易志。

当我的古典文学的试卷发下来时，我看见在"优"的下面批了两行字："祝贺你的小说发表。"

这就是倪其心。他教的是古典，却关心到我的创作，师生的心灵如此沟通。在北大，学生出成绩，老师就高兴。而对我们这样下过乡的，倪老师更体会其甘苦。

毕业之际，我专程去拜访他。在他家的书房里，倪老师对我说，他喜欢我的小说《云》。他说："没有一定生活的人是写不出这样的话的。这些话让人想起生活中的很多东西。"

我在新年之夜没有唱出的草原流放之歌声，终于在这篇小说里让倪老师听到了。小说写我和明失之交臂的故事，我想倪老师早一步领略到了。那是比我更加深刻和痛苦的故事。

当他知道我即将到天津去，他说："我来找你喝酒。"

我想，我们是有一杯共同的苦酒可尝的。倪老师后来病逝，我一直认为与他嗜酒有关。

有一年，我从新疆回来，在北大的东门遇到倪老师，他非常高兴，我们站着说了半天话。我说："倪老师，看您怎么老了很多？不像教我们的时候那么年轻了。那时候，我觉得你与我们一般大。"

倪其心老师是体格很好的人，他头发微卷，肤色黝黑，气质沉郁，很吸引女生的目光。

他豪爽地一笑，说："这几天有点累了。没事的，冲一个澡又年轻了。"

一别经年，我来到北大勺园，打电话过去，倪老师马上说："晚饭我请你喝酒。"那天下了暴雨，记得他来到勺园时衣服都湿了。那天他说了一句话："我儿子上大学的钱够了。"令人觉得有点太虑后事。

孙玉石老师曾经对我说过，因为倪老师的遭遇，所以在安排访日学者的日程时，特意多了一个周期。然而系里同仁们的关爱并没有能够留住这位才华馥郁的老师，他还是早逝了。

之后很多年，一看到北大"反右"的文献资料，一听到那首俄罗斯民歌蝉励，我就想到倪其心老师。

一位俊雅豪迈有才的学子，一位寡言的个性独特却真挚的老师，一个终于重获事业和家庭的沉郁的中年人。也许，在他的内心里，永远是一个草原深处的马车夫。

那次我们喝酒，他说："我儿子上大学的钱有了。"但他的内心远不像外表这样满足和宁静。

最近看到一个资料，北大在1957年被划"右派"716人，其中有8人被处决。林昭是其中被人们所知和追悼最多的一位。

从这苦难深渊走出来的倪其心老师，他的内心里，永远有这样一座地狱。

原载《长江文艺》2014年第5期（本文有删节）

人文山水珞珈 (节选)

昌　切

————————

一

　　武大的建筑是活着的历史。二战的战火烧到武汉，二期工程被迫中断，原来打算建在现人文馆所在地的第二理学院、总办公厅和大礼堂，胎死腹中。看人文馆，看理学院旁的标本馆，怎么看都是三个字：不协调。不协调是因为它们生不同时，所体现的是不同时代的精神气象。理学院和工学院雄峙运动场两端，当令所有傍起的建筑相形失色、自叹弗如。

　　说起武大的老建筑，一个管总的概括是"中西合璧"。这个概括准确吗？不一定，至少是不那么准确。郭沫若就说过，珞珈山上全是些白色的西式建筑。是西式建筑不错，但也带了些中国元素，就像高大的西洋人套了件漂亮的长衫。且不说它的西式构件（钢骨水泥、钢板、钢柱、铆钉、螺栓等）、构架和构造方式，单说它的构型，也大都是西洋的模样。侧立在工学院主楼前两端的圆堡，哪个敢说是中式的！老斋舍可以改称樱花城堡，却不可以改称樱花寺、樱花殿。老建筑的屋顶该是最能体现中西合璧的精髓的地方吧，但是，据业内人士介绍，它们完全是按照地道的西方构筑方式构建起来的，钢骨桁架顶、三铰拱顶和西式木屋顶，在古代中国是找不到它们的踪影的。

老建筑有着伟岸的身躯，老武大也有着宽阔的胸怀。求自治，求兼容，求自由，如前所述，概为游学欧美归来者涵泳的欧式现代大学的教育理念。武大聘任教员是不讲出身的，以新学见长者尤其欢迎，耽于旧学者也绝不排斥。招生更是宽容大度，不问政见如何、是"左"是右、属何党何派，只要合乎学校的要求，一律收进来。这叫"有教无类"。读上世纪30年代武大的左派学生如李锐（当时叫李厚生）、刘西尧的回忆文章，可以看到校园内持不同政见者相互摩擦、持相同政见者相互砥砺的情形。1935年北平爆发"一二·九"运动，李锐以"工学院全体学生"的名义写了《致全校教授先生书》，声援北平学生。他引用陈衡哲（莎菲）所下"痛语"，呼吁走陈衡哲所示"两条自救的活路"："在'刀头上舐血吃'的拼命的路""忍辱食垢以求三年之艾的路"。这封信引起"许多教授包括校长王星拱"的同情。李说："王星拱是比较注重蔡元培办学精神的人。"（校长办公室挂着蔡的大幅照片）我们知道，王是早期同盟会会员，有自己的政见，也有自己办学的主见，政学两分在他的脑子里是扎了根的，认同"兼容并包"的理念并不奇怪。

武大的基本架构也是西式的。武大文、法、理、工、农五学院的构成，按蔡的说法，应该是美国的制式，与法国、德国另设各种专科学校有所不同。此说不确，法、德也不乏容有多种学科的大学。法学、理学、工学和农学，在当时的中国，都是舶来时间不长的新兴学科。文学院的外文系没什么可说的，即便是它的哲学教育系和史学系，也与"西学"有着更为紧密的联系。文、法、理、工四学院的院长，即陈源、杨端六、王星拱、邵逸周，个个有游学欧美的经历。查1935年"国立武汉大学职教员履历册"，除中文系主任刘赜北大出身以外，其他系主任——史学系李剑农、哲学教育系高翰、外文系方重、经济学系任凯南、法律学系周鲠生、政治学系时昭瀛、物理系王星拱、数学系曾昭安、生物系张珽、化学系黄叔寅、土木工程学系陆凤书、机械工程学系郭霖、电机工程学系赵师梅，全部有风光的留洋背景。工学院教授十三人，法学院教授十八人，清一色的东西洋留学生。农学院筹建成功，首任院长是叶雅各。中文系在武大，说它是"异端"言重了，说它是"点缀"言轻了，说它是如珞珈之"玉饰"呢？或者说，它就像老图书馆皇冠顶上那俏丽的飞檐和琉璃斜坡。

因此，在武大，古今中西之争的战场只有一个，那就是中文系。中文系一直是治旧学者的圣地，人多，大都学问深湛，搞新学的势单力薄，不成气候，连陪衬都谈不上。从武昌中大转来的讲师张西堂、教授王葆心等，旧学功底深厚；新聘的教授刘赜（博平）、刘永济（弘度）、刘异、谭戒甫和徐天闵等，在旧学领域各有专长，都是叫得上号的人物。刘赜是首任系主任，继任时间较长。刘是黄侃的直系弟子，章太炎视他为"再传弟子"，循章黄门径精治小学，独步一时。刘异师从经学大师王闿运，专于经学，擅写诗词。专研子学并勤于著述的是谭戒甫。刘永济是"龙学"专家，又以深研词学著称。以诗学见长的，是大嗓门与外文系陈登恪教授有一拼的徐天闵。徐长年讲授"古今诗选"课，"对历代诗人如数家珍"，"往往是唱着进教室唱着出教室的"，"他很少讲解"，"引某首诗就高声唱起来了"。在文学院大楼讲课，紧闭教室的大门，还"不至于惊动四邻，后来搬到四川乐山文庙的破屋中……他一声'支离东北风尘际'，隔壁会计学戴铭巽教授的资产负债表就震得不平衡了"。

平时爱用文言说话的黄侃，在武昌大学做教授的时候，就与校长石瑛发生过冲突。黄瞧不起白话文是出了名的。下为武昌大学学生忆往给出的一例：

（黄说）白话与文言的优劣和价值，假如不以字多为优，不以花钱多为贵，请看下面的例证：某留学生在美，其母死在故乡，电催奔丧。文言电："母死速归"，四字足矣。无论读书识字与否，一看一听即明，勿待解释。如用白话文，则："你的妈妈死了呀！你赶快回来吧！"四个字变成十三个字，再加两个惊叹号，电报费几乎加了四倍。孰优孰劣，不辩自明。

吹毛求疵的味道太重了，迂执得可爱。那时及以后发电报，见谁加过点号和语助词？用白话发电文不也可以"妈死快回"四字了事！问题不在字费的多少，而在看问题的立场、态度和方法。朱东润说刘主任（赜）有句名言："白话算什么文学！"与乃师一个口吻。朱对刘主任不大感冒，说话带了情绪。其实刘挺和善的，不然在陈源主持十多年的文学院，他怎么可能做了那么久的系主任。朱说大概是因为刘"听话"，也是带了情绪。苏雪林说她曾经与刘同室阅卷，"当刘弘度先生借题发挥，大骂'五四'以来的新派，他也只是微笑唯唯而已。从来不附和什么，也从来不说一句'汉奸文化'之类的话"。

然而，中文系偏偏就有几个碍眼的人，如白话文学名家沈从文和苏雪林。新月派诗人闻一多和孙大雨也在文学院做教授，闻是院长，在外文系兼课；孙在外文系，待的时间不长，与中文系少有交道。孙大雨本名孙铭传，1930年游美荣归故里，便以孙沱名被武大聘为教授，时年不满二十六。少年得志，轻狂得可以。外文系才子吴鲁芹后来听闻，这位"以韵文翻译莎士比亚《李尔王》"的"写新诗的才子"，"上课有时会心血来潮，在黑板上抄出一节闻一多的诗，连呼'狗屁'再抄一节徐志摩的诗，也还是连呼'狗屁！狗屁！'接下来就抄一节他自己的诗，击节赞赏"。苏雪林称徐、闻是新月派的"一双柱石",搬掉这"一双柱石",新月派不就只剩下他孙大雨一个"出色的诗人"了!

沈从文的出身太差,只是小学毕业,与孙同时来到武大,比孙长约三岁,级别却差了两大级,只做了助教。留洋不留洋,天差地别。沈不通外文,只能在中文系找碗饭吃。沈在北京时就与"东吉祥派"打得火热,后来往上海投到胡适的门下,在中国公学教书。沈笔头生花,口头生涩。备课认真充分,上讲台后脑子里却是一片空白,一分钟,两分钟,直到近十分钟都发不出声来;好不容易开了口,又急吼吼地十来分钟就讲完了。沈后来在西南联大做教授,以写(与学生同堂写作)代讲,不失为一个好办法。好在能写,有些名气,符合武大聘师的条件,所以,胡适就把他"交给"了袁昌英。沈在武大讲新文学,也没有多大的长进,还是那个窘迫的样子。沈留下一部《新文学研究》的授本,现存武大档案馆。说是"研究",实际上只是些选文,有诗文和评论,其间夹带极简的评语。当然也就呆不住,沈很快便借护送丁玲回湖南一去不回。

闻一多来武大,初任文学院筹备主任,接着任院长。虽贵为院长,在中文系却没有多少发言权。与孙大雨一样,闻也是从清华学校去的美国。与孙不同,闻过得并不如意,三年换了三所学校——芝加哥艺术学院、科罗拉多大学和纽约学生协会学校,学美术和英语,三天打鱼,两天晒网,未获得任何学位。闻在这期间写的诗歌,充满浓烈的愤懑煎熬之情。来武大前,闻是国立"中央大学"外文系主任。闻的知交梁实秋说:"我想他在南京中央大学的一年,虽然英美诗歌戏剧散文无所不教,他内心未曾不感觉到'教然后知不足'的滋味。他内心在彷徨。所以秋后王雪艇先生约他担任武汉大学文学院长兼中文系主任,他便毅然离开南京,搬到武昌附近的珞珈山去了。"也有人说闻是刘树杞上门聘来的。闻从来没有做过中文系主任,也从来没有在珞珈山住过,他的住处是武昌城里的黄土上坡三十一号锦园。闻在南京时就为研究唐代文学做了些准备，来武大后继续在这方面下力，却并未在中文系授课。闻想改变中文系的风气，请外文系讲师朱东润到中文系讲中国文学批评史，但效果不明显。1929年11月，闻拒绝在他主持的《国立武汉大学文哲季刊》上发表中文系教授刘华瑞论江汉文化的文章，认为刘文荒诞不经，这触怒了刘，一些随刘习武练功夫的学生便"通函揭帖"逼闻辞职。王世杰居间调解、挽留闻无效。1930年6月16日，武大校务会议议决："根据本会议详细查察结果，应将鼓动滋事学生冯名元、汪守宗两生，按照本校学则第十七条开除学籍，并令其即日离校。"闻去意已决，抛下"鹓雏（鹓）之视腐鼠"的话，愤然辞职回了浠水老家。陈源继任院长，一做就是十多年。之后，校务会议以刘华瑞教授居沪不归，缺课过多为由，扣了他两个月的薪水，解除了聘约。闻被逼出走是第一个，但不是最后一个。1938年由文学院院长陈源荐举、校方聘来的教授叶圣陶，在乐山受到刘主任他们的挤兑，不堪其辱，很快也愤懑弃职。

闻离去的次年，苏雪林只身来到武大。是袁昌英荐来的。来前在安徽大学做教授，来后做讲师（特约讲师）。苏去过法国，学的是绘画和法语，不几年便打道回府。苏有些创作实绩，写过《李义山恋爱事迹考》，只适合在中文系任教。苏文气充沛，精力过剩，又搞创作又讲课，作品不断问世，课讲了三门——基本国文、中国文学史、新文学研究。苏为人直率得很，文风也大气，讲课却不大自信，常深怀疑虑，不时还闹出点乱子来。初来乍到，一次讲课"写了个别字，又读了几个讹音"，一个被苏打过低分心怀不满的学生抓住把柄，告到系主任那里去了。"年终系会考绩定去留，几个资深教授都投我的反对票，院长（陈源）虽然偏袒我，但他主张开口奶须吃得好，也想投我反对票。"这一票投下去，过了半数，苏就得卷铺盖走人。幸好王世杰出头说项，说他读过苏讲师发在《现代评论》和《文哲季刊》上的文章，感到有些新意，苏讲师读过不少古书，不是没有学问的人，偶尔出点问题，在自修成功者是难免的，她自会改正，不致贻误学生，应该续聘。位置算是保住了，授业的顾虑却不见消除。几年前，我的一位研究生在"老图"翻出苏雪林的日记，加以研磨，写出一篇不错的硕士学位论文。从中转抄几则如下：

今日为病后第一次上课，精神萎靡，口欲衔枚，期期艾艾，学生无不昏然思睡，自觉惭愧，恨无地洞可钻。（5月1日）

上午十时赴文学院上课，讲杜甫，精神不振，吃吃若不能吐，明明是圆的话到口竟成了方的，不但学生恹恹思睡，自己亦昏然欲仆，身体不健，故有此现象，思之恨恨。

今年新文学研究选课者仅四人，一人中途又引去，此皆余上年讲演太不精彩之故，今年若不努力，恐明年一人都无矣。文学史旁听坐王某，仪表年龄均似服务多年者，古书亦读得很多，能知讲义之错词，乃大敌。余以后对于文学史一门功课须用心预备，免得又出丑。（9月27日）

九时开始预备《天问》，先看刘永济先生通笺，初震其渊博，且惮其艰深，几乎不敢翻视……（11月17日）

今日上新文学，倒是敷衍。文学史讲《天问》，因预备不充分，只好多说闲话，思之甚愧。（11月21日）

余今日身体异常疲乏，又以同屋小陈患此危症，心中慌乱，功课毫未预备，故今日讲得毫无精彩，自上课以来为今日之出丑者，早知如此，今日此课请假矣。（11月29日）

表达不好，偶尔出错，反应糟糕，一是因为身体欠佳，二是因为预备仓促。这是自我开脱的一面。另一面是疑己责己，忧虑愧悔，震弘度之渊博，惮其文之艰深。两面看去，可以看出苏雪林极其认真，极看重此事，在旧学营垒里顶着极大的压力。苏做特约讲师一做就是五年，直到1936年才换上试聘教授的头衔，是不难理解的。1937年转成教授，讲课仍不见起色。"有一位湖北籍的同学喜欢在她来教'中国文学史'之前几分钟，在黑板上写了'绿漪女士实在是一篇很沉闷的散文'几个字，一位湖南籍的同学立刻就走上去擦掉，这种每周必有一起的'仪式'，历时数星期之久，某一次双方出言不逊，几乎酿成'两湖之战'。"

好在武大的整体氛围是宽容。宽容，正是"东吉祥派"和与他们趣味相投的胡适所极力揄扬的一种绅士气质。

二

武大办学的宗旨，一是追求高深的知识，二是培养健全的人格。健全的人格，用王世杰的话来说，也就是绅士人格。1929年6月3日，王在总理纪念周的演讲中说：

大学教育的目的是什么？在理论上固然有种种议论，在实例上各国大学教育的目的，似乎也彼此很不一致。有的人说：大学教育的目的是灌输高深的知识，是要把学生造成一种学者（scholar）。侧重这种智育的训练的，在东方，如日本的大学；在西方，如德法诸国的大学都是。又有些人说：大学教育的目的，是养成健全的人格，是要把学生造成一个"上等人"（gentleman）。英美的大学大都倾向这种理论。我个人觉得，大学教育的计划上，人格的训练纵不能较重于知识的灌输，至少，也应该与知识灌输占同等的地位。

他以体育为例，说明足球、网球之类的游戏，按照一定的规则争胜负，可以养成"英美之所谓fairplay（公平比赛）"的精神。也就是说，体育在强身健体的同时，还能培植平等的人格。同理，追求高深的知识，不是要做知识的奴隶，而是要在获取知识的过程中提升和完善自我。这与前述柏林大学提供全面发展的教育是一个意思。

Fairplay被译成丑陋的"费尔泼赖"，让人联想起鲁迅当年对林语堂的讥刺。费尽心思耍你的泼赖，译名的成色是可以反映译者的态度的。在"东吉祥派"那里，gentleman的译名是"金德孟"，而到了朱东润那里，他认可的却是"尖头鳗"。是"尖头"还是条尖头的"鳗"，讽意甚明。"孟"在兄弟季节的排序中意指老大。绅士之德，是如同金子一般的大德即"金德"。"金德孟"就像"翡冷翠"（徐志摩的译名，今译佛罗伦萨）和"绮色佳"（冰心的译名，美国纽约州的小城Ithaca），动听极了。可以想见，珞珈山"东吉祥派"那些谦谦君子是怎样钟情于"金德孟"的"派"。杨端六与刘秉麟这两位大牌教授，是老乡，又是相交三十年的老友，人前人后，相互间却一直以先生相称。那个时候在珞珈山上，学生是不难欣赏到正当壮年的风度翩翩的绅士挂着"斯蒂克"（stick，拐杖，既斯文又罗曼蒂克）悠然踱步的风景的。有一阵子，学生中实然刮起一股拖着木屐噼里啪啦满校园旋的流行风。不知是谁带起来的，也不知那些木屐从哪里来，有人猜测是来自湿热的两广。这种野蛮人的行径，在高贵的绅士看来，太不雅观，大煞风景，却又无从制止。后来还是提倡"新生活运动"的蒋公帮了大忙。蒋来武大作报告，无意间瞥见这种劣行，很不满意，校方这才动了真格，刹住了这股"泼皮风"。

在我看来，在珞珈山"东吉祥派"诸君子中，陈源是把绅士风度推向极致的一个。这个面肌不那么灵动、赛"夏济安夏志清昆仲"（吴鲁芹语）的陈院长，竟然要投她苏雪林的反对票，就是一个好例。苏与陈的夫人凌叔华交情不浅，苏来武大陈是出了力的。苏自感屈为讲师数年，也没见陈代她说什么话。凌能写能画，学历比苏高（燕京大学英文系毕业），比苏更有资格在武大任教职，但为避嫌，只做了武大的眷属。陈当年与鲁迅交手，遭到这位"绍兴师爷"劈头盖脸、不依不饶的打击，一度乱了分寸，大动肝火，失去绅士风度。一旦事情过去，那副绅士相就回来了。请看苏1934年10月2日的日记：

上午到文学院上课。陈通伯先生将沈从文来信还我，并言余所作沈论，誉茅盾、叶绍均为第一流作家，实为失当，难怪沈之不服。余转询陈之意见，中国现代第一流作家究为何人？陈答只有鲁迅勉强可说，此外则推沈从文矣。此种议论真可谓石破天惊，陈先生头脑固清晰，然论文则未免有偏见。

推举鲁迅为中国现代文学第一人，这可是私底下的评价，典型的君子风。

养成绅士风，在中国，甚至在中国洋气的大学里，殊非易事。绅士风的核心是理性。理知的公平、公正，理知的人格平等，理知的人性之常（文明），理应体现在大学教育的方方面面。理应如此，实不尽然。但是，武大的绅士们偏要"知其不可为而为之"。前引校长雪艇先生的讲话，其中还举有图书管理和考试的例子。他说美国一所大学图书馆为节省经费，裁去阅览室管理员，起初图书有些损失，"久而久之，结果甚佳"。又说美国大学近来多采用宣誓制度，学生只需在考试前填一誓书或愿书，表明不愿受人监视，保证决不违反考试规则，便可在无人监考的试场应试。不设监管人，前提是相信和尊重人的自觉，目的是养成人的自尊。西方过去的决斗，现在的超市，所内含的就是这种自尊尊人和公平公正的精神。顺便说一句，中国学来的超市是橘化的枳，变了种。说到底，大学教育不是为了培养以知役己谋利的小人，而是为了培养既有高深知识又有高尚人格的"金德孟"（绅士）。

不是"为了忘却的纪念",而是为了复活那永远不该忘却的记忆。忘不了,忘不了在山水珞珈留下深刻足迹的那些鲜活的面容:王雪艇、王抚五、石瑛、李四光、叶雅各、皮宗石、周鲠生、陈源……还有惜未记下他们的事迹就好像还活现在眼前的那些教职员:常与学生同场竞技的汤化龙的儿子汤佩松、口锋凌利常带感情脾气不小的吴其昌、师承大师怀特海的懂戏且善写柳体的大才子万卓恒、英文极佳并喜把玩甲骨文的政治学教授时昭瀛、名望不大嗜酒如命记忆力惊人的陈登恪、仪表谈吐容易博得名媛淑女青睐的郭斌佳、外貌瞠乎其(郭斌佳)后故爱攻其英文千疮百孔以取得心理平衡的费鉴照、讲欧洲史一学年才讲完上古史的陈祖源……还有那副妙不可言的对联:"高翰高公翰　顾如顾友如"。高翰为人风趣,辩才无碍,口若悬河;顾如字友如,原为南开校花,后留美获硕士学位,来武大教书管女生,人到中年,风韵不减,晚年忆及珞珈岁月,说"差点没闹出人命案子来就是了"……还有那些过汉口看梅戏、在校园里演莎剧、在东湖边摆pose的学生,那些幸入"东宫"因肥美凝脂清俊秀丽而获封各种尊号的"皇后"……

原载《芳草》2015年第4期

小楼大儒

詹福瑞

―――――――

北方之大儒

韩文佑先生是最具儒者风度的学者。鲁迅20世纪30年代在广州讲魏晋风度，并不解释何谓风度，唯谈服药、喝酒，颇涉士人的生活作风。何为风度，只能神会。林语堂在复旦大学传授生活的艺术，引黄山谷一日不读书便觉"其容可憎"语，方说明人的面貌不关长相，而是指人的气韵、风采。我见韩文佑先生时，他年过七十，加之有气喘之症，已见老态。虽然身材较高，但腰微驼，行动不似魏际昌先生那样矫健。韩先生的笑，亦与魏先生大不同，多是微笑，呵呵两声，甚至不启齿，这一点有点像詹锳先生。韩先生头发稀疏，连鬓胡子却颇盛，一日不修，便觉须眉相连。但是，只要他一说话，你便知道何谓风度。那是满腹诗书所漫溢出的学者的儒雅，淡出俗世所飘出的清逸。

韩先生在1979年的青年教师助教班上，讲唐宋文学。我与韩成武老师到西湖村韩先生家听课。每次都是五十岁左右的保姆开门，沏好茶，韩先生再出来讲课。魏先生家多喝绿茶，而韩先生家是北京常喝的花茶。但应是花茶中的上品，香而不腻，且清香之气直冲脑门，开窍醒目，如同韩先生的唐诗课。韩先生是北京通州人，一口道地的北京话，声音很轻，语速也比较慢，有时感到明显的气短，但口齿极其清晰，语言极干净精当。当时"文革"刚过，书甚少，韩先生讲唐诗，用社科院马茂元编《唐诗选》，讲宋词用胡云翼编《宋词选》，但韩先生却只在讲作品时用之。对诗人和其作品，韩先生常征引诗话、词话来评价，多是顺口拈来。或有记忆不清的，则于书架上取下书来查对，也是一翻即是，令人惊叹他于文献的烂熟于心。来前，听中文系老师说，"韩先生是活词典"，此言的确不虚。对于好的诗作，韩先生常常发出由衷的赞叹："啧啧，真好。"然后再读一遍。虽如此简单，你也会受到感染，一下子体会到诗或词的微妙之处，如同禅宗的棒喝。

韩先生一生著述多散佚。"文革"后，鲜见韩先生发表学术论文，所知者两三篇而已。但是，韩先生的渊博学识，却是学界闻名的，因此被誉为"北方之大儒"。自"文革"后的研究生看来，韩先生主攻唐宋文学，因为他带的研究生就是唐宋文学方向。开山弟子刘崇德的硕士毕业论文，写的就是苏轼词订补。其后的孟保青和闫丽的论文，也是在唐宋之内。但是，据上世纪50年代上大学的老学长说，他们上学时，韩先生讲授的是《庄子》。而他80年代在《文学遗产》发表的论文，所讨论的则是元代前期杂剧名作《李逵负荆》的几个问题。由此可见，在老一辈学者那里，古代文学的教学和研究，是不分段的。所以他们应该是古代文学的通儒。

但几乎没有人谈到韩先生与现代文学的关系。作家蓝英年回忆，"文化大革命"中，他跟随韩文佑先生一起读鲁迅的杂文。从第一卷《坟》，一直读到第六卷《且介亭杂文末编》。他先读，晚上韩先生坐在宿舍前的马扎上给他讲解。蓝英年说："韩先生对鲁迅作品之熟令我惊讶。他不仅对每篇都熟，甚至能背出句子和段落来。"蓝先生的回忆，为我们揭开了韩先生渊博学识的另一角，他对现代文学的热情和熟识及研究程度，不让古代文学，甚至超过了古代文学。

顺着这个思路走下去，寻找韩先生的足迹，我看到的是韩先生的人生、教学及研究与现代文学的密切交集。韩先生1929年考入清华大学外文系，与钱锺书同班，后转入中文系，是朱自清的学生。1933年，朱自清在清华开歌谣课，选修的只有一位学生，就是韩文佑。韩先生还与朱自清是儿女亲家，此为后话。离开清华，韩先生曾在南开中学教书，同事中，有著名诗人、后来曾任社科院文学研究所所长的何其芳和"燕园三老"之一的张中行。韩先生正是在那里与张中行结为至交的。蓝英年说，韩先生除了给他讲鲁迅，还把周作人、郁达夫和徐志摩等人的作品借给他看。令蓝英年惊奇的是，韩先生所收藏的都是初版本。其实，韩先生与周作人在北大时应该是同事。不过周作人是著名教授，而韩先生则是讲师。至于徐志摩，韩先生也应该是熟识的。在诗人去世后，围绕徐志摩的评价，韩先生曾与杨丙辰有过激烈的交锋。1931年底，徐志摩遇难。吴宓主编《大公报》的《文学副刊》，于1932年1月11日刊出了杨丙辰的《大诗人——天才——徐志摩——和他的朋友们》一文，对徐志摩的为诗为人提出质疑。认为徐志摩的诗"精神萎靡不振，气势散漫无归，而意旨晦涩难明"。徐志摩也难负大诗人之誉，他是"一个'虚浮''膨胀''不深刻'的人物""一生'好玩'，态度浮动，不深刻……他的离婚，他的交朋友，他的写文章，他的作诗，都是'好玩'"。杨丙辰时任北京大学德语系主任，兼清华大学德语老师。而此时，韩先生正在清华读书。杨丙辰虽为清华兼职，论起来应是他的老师。但吾爱老师，更爱真理。韩先生读了杨丙辰的文章，著文发表于次日的《大公报》的《文学副刊》上，对杨氏评价予以激烈反驳。韩先生说："我不是徐先生的朋友。"但是我所见到的徐先生与杨氏所说恰恰相反，"他的忠于艺术，忠于人生，由他自己的书信诗文中，天下后世，昭昭可见"。文章还引了徐志摩《拜献》《这是一个怯懦的世界》《天国的消息》等诗，评论道："我们见到他对于天真与永生（其实这是一体）是如何的渴慕，如何热烈的奔赴。在他的诗里，处处见到他的对于人间丑秽与罪恶之愤怒与攻击，对于真善美的探求猛进，对于光明与永生之一心奔往。我切愿读者取来他的全部遗著，仔细地读几遍，庶几可以认识诗人的真纯与纯挚，并且视自己的天缘得到几分灵感。"又据张中行《负暄续话》，韩先生还曾发表过研究郁达夫的文章。知此，韩先生能够收藏周作人、郁达夫和徐志摩书的初版本，就不足为奇了。1951年，韩先生在《语文教学》第三期发表《鲁迅先生的〈为了忘却的记念〉》文章，可见韩先生研究鲁迅由来已久。1951年8月16日北京师范大学秘书科就聘请韩文佑为中文系副教授致中文系黎锦熙主任函件中，有"今速同议聘表及韩先生编译略目一并奉上，希填竣后与编译略目一并寄还"语，推测此前韩先生一定著述甚丰，惜无人搜集整理，故今人知之甚少，更不了解他在现代文学领域的耕耘之功。

韩先生被誉为大儒，更见于他的人格修养。张中行的《月旦集》，曾用"宽厚"二字来盛誉他的朋友韩文佑先生，并引孔子"己欲立而立人，己欲达而达人"和《庄子》里转述尧的话"嘉孺子而哀妇人"来评介韩先生。张中行在生活极为艰窘的情况下，曾经得到韩先生兄弟般的照拂，他的评价是发自肺腑的。作为他的学生，从韩先生对我们的关爱，亦可以感受到他的仁慈。进修班结束时，韩先生要我们写一篇论文，作为唐宋文学课的结业成绩。我写的边塞诗的文章，文章极稚嫩，多是诗的鉴赏之词，根本谈不上研究。但韩先生还是给了优秀成绩，呵护鼓励之意甚为明显。由于韩先生对学生爱护有加，凡是他教过的学生，都对韩先生有着很深的感情。他的大弟子刘崇德老师，与韩先生家甚至成为通家之好。

但是，凭我直感，宽厚的韩先生，还有另外一面性格，那即是他的刚直清俊。韩先生字刚羽，发表文章，曾用"韩刚"名字。可见他心中所希望的性格。与韩先生在一起，如沐春风，温煦和人，你无论如何也不会想到当年因为徐志摩拍案而起、文章咄咄逼人的韩文佑。但我与韩先生在一起，会感到他从骨子里发出来的清俊之气。讲唐宋文学，韩先生对某一个作家的评价，是极为谨慎的，哪怕是权威盛赞过的作家，韩先生也不会轻易苟同。在现实中，韩先生也并不轻易赞许人。第一届研究生答辩会上，我曾经见过他极为严肃，甚至有些峻厉的目光，使我极为震撼。在那一刹那间，我感受到了一种凛然不可触犯的人格力量，以致深深刻在我的记忆中。

　　在韩先生家上课，韩先生虽不开门迎接，走时却一定要送下楼。我们劝他不要送，但韩先生总是说，不是专送你们，我顺便到外面走走。他穿着蓝涤卡中山装，站在楼下，稀疏的白发，飘在微风中，目送我们走远，像一个父亲送远行的孩子。那是韩先生留给我的永远的影像。

胡适的学生

　　魏际昌先生面容清瘦，华发飘雪。携机关枪子弹壳焊接的拐杖（我一直以为那是先生的道具，而非工具），步履矫健，何时走过校园，都是一道风景。

　　上大学时，传闻魏先生做过傅作义的少将参议咨议，或曰少将参谋。然从所有魏先生的事迹记载，均无实证。有的学生曾就此事问过魏先生，先生大笑，却不置然否。魏先生到了老年，还写申请书，以耄耋之年入党。老一辈学者，其实有着很深的政治情结。我想，至少他们希望融入这个社会，能够被主流接受。更何况魏先生是胡适的学生。魏先生身板挺拔，行路生风。魏先生的手，冰凉干硬，但却有感染力。与人相见，先生必大步向前，寒暄，握手，左右摇晃着，握姿颇像接见外宾的周恩来总理，生动，有力，你不会想到他是八十或九十的老者。魏先生身上，的确有强烈的军人气质。

魏先生是河北抚宁人，但他二十一岁考取吉林大学，后因九一八事变，吉林大学解散，转入北京大学，所以魏先生说的是普通话。但细心的人会听得出来，他的普通话中夹杂着冀东和东北的口音。魏先生说话用后嗓，声音苍厚，但颇响亮，尤其是魏先生的笑，豪放而有感染力。

中文系旧时，有春节给老师拜年之习。魏先生家在南院七号楼四单元101室，与雷石榆先生住对面，每次拜年，多是先去101，再去102。但也有例外，有时一进楼道，听到魏先生屋里发出的笑声，就知道他那里有人了，于是向右敲开雷先生的门，先给雷先生作揖。这是我们学古典的例儿，外国文学的老师正好反向而行，先去102，再去101，给雷先生两口拜了年，再去魏先生家。80年代的中文系，充满了浓浓的亲情。

中国的大学，从上世纪50年代到今天，都在折腾中。50年代院系调整，70年代停办、再招工农兵学员，恢复高考，八九十年代院校合并，建设211学校，几乎没有几天消停。河北大学就是折腾的牺牲品。河北大学1979年从天津迁到保定，一大批教师留在了天津，留下的教师可办另一所大学，只有少数人随校到了保定，著名教授中就有魏先生和雷先生。魏先生有一子，但无论在天津还是保定，我却从未见过。平时家中只有魏先生和师母，后来有孙女海霞在外文系读书，与他们同住，戴着一副眼镜，文文静静的，很有教养。师母于月萍先生，传为东北大户人家小姐，看上了在吉大读书的穷学生。于先生说话，给人的印象尖酸刻薄，有小姐的味道，其实是爱说真话而已。她是历史系教授，教授中国书籍史，带书籍史研究生。写有《中国书籍史》教材，可惜只有油印本，未见出版。魏先生去世后，留下一大批书，其中不乏明清善本。有北京书商上门商购，家人颇犹豫。于先生说了一句话："书有什么用！"一两万元，书就易手他人。此为传说，我一直半信半疑。于先生是治书籍史的专家，理解书的价值，恐怕无人能出其右，她怎么就会轻易打发掉魏先生和她一生的收藏？所以我相信，如果于先生果真说了此话，这句话中，一定包含了她和魏先生藏书与教书的万般悲辛。

魏先生是胡适在北大的研究生。1917年，蔡元培在北京大学设立文、理、法三科研究所，培养研究生。1932年6月，北京大学实行学院制，设文、理、法三个学院，胡适任文学院院长。魏先生1934年毕业。同年考入北京大学研究院中文系，攻读中国古代文学硕士学位，受业于胡适等人，1937年毕业并取得硕士学位。所以，魏先生的学问可谓渊源有自。但是，胡适是洋博士，中外兼通，而在我看来，魏先生虽然讲课喜欢说几句英语单词，但他老人家的功力，当在旧学。

1979年，中文系办助教进修班。我与韩成武、刘玉凯等老师到天津从詹锳、韩文佑、魏际昌、胡人龙等先生学习。此前，魏先生已经闲置多年。说闲置，也不尽然。实际情况是，魏先生"文革"中离开教坛，被贬到资料室做资料员了。到此时，魏先生才被起用。从动乱开始到此时，何止是十年！

魏先生失去的还仅仅是学术生命，有的学者失去的则是生命，甚至他们毕生追求的名山事业！裴学海先生是著名语言学家，所著《古文虚字集成》影响甚大。1949年前，裴先生教中学。他生活极简朴，所挣工资攒起来，在老家滦县买地。所以到土改时，定为富农成分。五类分子中，裴先生至少占了两类——富农和反动学术权威，"文革"时的命运可想而知。日日戴高帽，挨批斗。家也被抄，半生心血著就的手稿《古文虚字集成》的姊妹篇被人掠走。裴先生被逼上绝路，跳楼自杀。而他的手稿，至今下落不明。比起裴先生，魏先生还算"幸运"的。

詹锳和胡人龙先生在马场道河北大学旧址和平楼五楼教室上课，韩文佑和魏际昌先生则因年岁、身体原因，在河北大学另外老校址西湖村家中上课。魏先生讲《庄子》，每周一次。我们总是早上坐公交车，从马场道到八里台下车，再步行到西湖村。此时，魏先生早就备好香茶等候我们了。我当时听惯了老师课堂讲课的套路，思想内容、艺术特点一套一套地分析下来，觉得那才是现代的教学。对先生一篇一篇串讲、一字一字求义的讲法有些不习惯，颇感陈旧，甚至腹诽他有些食古不化。但是当我真正接触旧学，自己从事研究时，才感到魏先生的教学是多么管用，而自己当时的想法是多么浅薄可笑。詹锳先生讲《文心雕龙》，也是此种讲法，一篇一篇讲解。因为他当时正撰写《文心雕龙义证》，所以常常会加入时人研究的新信息，研究的色调更强。但基本的路数，仍旧是传统的训诂的一套。由此我也想到，我们现在的教学，追求科学体系，强调以论带史，与老辈学者用训诂疏通文义的教学相比，对于学生的传统文化训练，哪一个更有效？其实真的难说，未必老辈学者的方法就一定落后。

听老先生讲课，除了受学，还有他们的饱学对学生的感染。魏先生讲《庄子》，每一篇都可记诵，令人钦佩他于旧学的童子功。他讲《庄子》，亦不藉注释，端一本白文，就可娓娓道来，这功夫亦非今人所及。魏先生说，不学《庄子》，就不懂半部中国文化，此话至今记忆如新。2010年，我用一年的时间读《庄子》，手抄郭象《庄子注》，满满三本，也算勉强完成了老师三十年前布置的作业。

恢复研究生制度后，魏先生与詹锳、韩文佑、胡人龙先生开始合带研究生。其后，几位导师单独带研究生。魏先生培养了李金善、方勇等研究生。魏先生的研究，在他七十岁以后，也达到了一个高峰，出版了《桐城派小史》，这是中国第一部研究桐城派历史的著作。

魏先生晚年双目几乎失明，但还常常取出书架上的线装书，坐在书桌前，一页一页地翻着，抚摸着，度过一天，墙间映上老人家孤独的身影。

不填表的学者

胡人龙先生不在"中文系八老"之内，而且是以副教授的身份退休。但是，在我的心中，他是当然的教授。

我上大学时，认识了中文系资料室张桂喜老师。她见我爱书，给了我很多方便，使我能够经常出入资料室，有机会翻到《文学遗产增刊》。正是在增刊里，我第一次认识了胡人龙先生。胡先生有两篇文章收入增刊中，一篇谈乐府《陌上桑》，另一篇与雷石榆先生合作，研究《红楼梦》中的贾宝玉形象。在学生的印象中，《文学遗产》增刊好生了得，能够收入两篇，足见胡先生的学术水平，真是未见其面，胡先生已经先声夺人了。

及至天津进修，我才见到这位胡先生。除了詹锳先生，韩、魏、胡几位先生，都属于清瘦之人，但胡先生却是干瘦的那种。偏黄的面皮，极紧致地包裹着他的脸，让人联想到武侠小说中有数十年功夫的师父。后来才知道，胡先生早年因胃病动过大手术，胃切掉了一半，从此注意养生，不能多餐，每次上课，他都要带几块饼干，在课间就着开水吃下。但是我们也颇奇怪胡先生是否真养生，因为他嗜烟之习，至死未变。从他熏黄的牙以及脸色，一下子就可以辨认出这是一杆老烟枪。看胡先生吸烟，既见他数十年老烟民的真功夫，亦可见什么是享受。因为手抖，胡先生掏出烟来，多次划火，才能点着。每次，胡先生都极为耐心，叼着烟，颤抖着双手，反复划火柴，点火，直至冒出烟来。然后运足丹田之气，一口气吸进去，待到轻轻呼出时，竟不见一丝烟雾。一支烟，如此不过三口，便只见了烟尾。我身边有许多吸烟的朋友，最凶的如中国社会科学院的张国星教授，一天至少三盒。但是无一例外，没有一个能够达到胡先生的吸烟境界。

胡先生上课，在和平楼五楼的教室。每次来，都是毫无声息地爬上楼，坐在黑板前的椅子上，点着一支烟，吸三两口，也就到了上课的时间。胡先生上课，有中间休息，吃一两块饼干，吸一支烟，再上。胡先生属于沉默寡言之人，说话很少，也不大与学生交流。有时，他会坐在你的对面半小时或更长时间，眼睛直直地看着你，一句话也不说。

胡先生讲魏晋南北朝文学。用的是旧稿，讲稿边都已发黄。但他并不完全按照旧稿讲。在几位先生的课程中，胡先生的课最有清晰的文学史观念，他的课讲下来，就是完整的魏晋南北朝文学史。但在我看来，最有心得的还是他的乐府课。那些描写底层民众疾苦，反映他们善良与智慧的民歌，是胡先生重点讲述的对象。胡先生讲课语速很慢，语调平缓，他的课，我们可以一字不落地记下来。但是，在胡先生平缓的讲述中，我常常有所感触，似乎触摸到了胡先生内心深处的一些情思意绪，即他对来自民间作品的真心喜爱，对弱小者的同情。他把这些不动声色地融入不紧不慢的讲述中。

恢复研究生制度后，胡先生与韩文佑、魏际昌、詹锳先生合带研究生。詹先生门下有葛景春、徐明，韩先生门下是刘崇德，胡先生带小蒋。硕士论文答辩时，我做答辩秘书。外请答辩委员有王达津、范宁、杨敏如、罗宗强等先生。答辩时，几位导师对小蒋的论文不甚满意，表决时几位导师全都投了反对票。令人意外的是，小蒋自己的导师胡先生也投了反对票，而校外专家却投了赞成或弃权票，结果小蒋没有拿到硕士学位。由此可见当时学风之谨严，胡先生并不回护自己的学生。此后，胡先生与韩文佑先生合作带了孟保青、闫丽等研究生。

我1991年毕业留古籍所以后，每年都去看望胡先生。那时胡先生已经不带研究生，退休在家。有时回云南住些时日，但大部分时间住在天津。见到老学生来，师母很热情，张罗着让座、倒水，然后坐下来陪着说话。有师母在旁，胡先生的话多了些，有时也会拉拉家常，谈到他的老家云南，以及他的经历，无声地笑着，笑得很和蔼。

胡先生是西南联大最后一届学生。抗日战争时期，迁往昆明的北京大学、清华大学和南开大学，合并为国立西南联合大学。当时的办学条件很差，但是却培养出一批著名的专家学者。任继愈、逯钦立、詹锳等先生都是此校毕业的学生。同出此校，论资质，胡先生当有更大的成就。但他中年得大病，影响了健康，自然也影响了他的治学。"文化大革命"后，胡先生似乎就不再著述，没有新的文章面世。中国的政治，1957年反右，此后政治运动不断，人文学者动辄因文致祸，"文化大革命"更达极致。与身体健康相比，政治高压更容易摧残人的精神，泯灭人的创造，这是不应忘记的教训。所以，我在2015年全国人民代表大会的小组发言中，建议为社会科学研究立法，保护研究者的创造性和合法权益。胡先生似乎看透了人生的一切，学校给他定教授，他不填表；动员入党，不写申请书。但在我们这些学生看来，胡先生逢此两劫，不能卓然成家，是很可惜的。

吴公馆

5月，回学校参加博士论文答辩，其间，到古籍所资料室小憩。见古籍所的图书由天津搬回保定，周转于数处、尘封于库房的书，终于得见天日，可供师生使用，感到一丝欣慰。但旋即又得到消息，马场道74号卖了。终于天津把河北大学的最后落脚点也收回了，但是它收回的仅仅是一片不足数亩的土地，人去，楼也去了，留下的只是遗憾。

人对旧宅的留恋，大概都因个人与宅子有这样那样的关系，宅子承载了个人逝去的一段岁月。我对马场道74号的感情，极为复杂。既有近八年求学于此的经历，同时也有不能保护下这个宅子的愧疚与遗憾。所以，不能不写下一笔文字。

河北大学前身是天津师范大学，有马场道、八里台和西湖村三个校区。1969年战备疏散，搬到保定。老校产转让给天津师范大学、天津外语学院和天津中医学院，只留下马场道74号，作为留守处，上世纪80年代，又在此建立了古籍所。

1860年，五大道一带划为英租界。英商在佟楼建赛马场，于马场东修马场道。辛亥革命后的清朝遗老遗少、北洋政府的要人以及社会名流，多在五大道建公馆、别墅，因此马场道留下各种风格的欧式建筑，号称建筑博物馆，被列为天津文化遗产重点保护区域。

马场道74号，位于河北道与马场道交接的丁字路口。南邻天津中药五厂，就是生产速效救心丸的厂子，院中时时可闻到救心丸的气味。北邻天津卫戍区司令的宿舍。大门西向，粉色铁门，中间为汽车出入的两扇大门，一侧各一角门。门右侧悬挂"河北大学留守处"铜牌和"河北大学古籍整理研究所"大理石牌。进门，右手住一家四口人的老住户，左手耳房是门卫和登记室。南面临墙为锅炉房和厕所，再往里是两棵合抱粗的杨树。北面一溜平房，依次为古籍所、会计室、卫生室和食堂。院子东西稍长，南北偏短，基本方正。紧靠东面是建于上世纪60年代的两层平板楼。

此院的主建筑，是迎门的三层小洋楼。地下一层，地上二层。坐东朝西，整体呈方形，但在面西的一层，又伸出一半弧形大厅，由罗马柱支撑，花砖铺地，上面是露台。楼的正门，就在半弧形大厅的弧形顶端，门口有百年海棠，花开五色，是海棠中的珍贵品种，树高直上露台。但留守处以大厅为办公室，堵住通往中厅的门，却开北门为进出小楼的正门。楼门铺青色大理石台阶，上三层台阶，进一楼，有四米左右的走廊，左侧101室，旧时是仆人或警卫住的房间，我们在时，用为古籍所研究生的宿舍。进中厅是直通二楼的天井。中厅右面的西墙有二门，靠北面大门通半弧形大厅，应该是原来进入此楼的主通道，但被封死。靠南面门的里面是一长方形的大房间，用为外国教育史阅览室。从房子的格局看，这里旧是会客厅。有门通半弧形大厅，两扇门上还保留两幅油画，一幅画的是白桦林，一幅是秋天的枫林，色调一冷一暖，形成鲜明的对比。中厅靠左墙即东墙为螺旋楼梯，达二楼。二楼的南、西、北三面全是客房。房内红色地板，应是旧物，而白灰墙显然是后来重装过的。当年此楼应为两个进出通道。一个是北门，当是内眷出人之路；一个是西门，进半弧形大厅，再进会客厅，多半是主人接待客人的所在。中厅的一面西墙，自然把此楼分为内外两宅。

这个宅子，原为河北大学幼儿园。河北大学的老人们一直说，此院是袁世凯孙子媳妇的住宅，据说80年代，袁家还有人回来看过房子。河北大学似乎很少有人说得清此宅子的来历。

实际上，此宅的旧主乃北洋皖系军阀将领吴新田。吴为安徽合肥人，先后就读于保定北洋参谋学堂和保定陆军行营军官学堂。直皖战争后，曾被吴佩孚任命为陕南边防军总司令兼陕南镇守使，亦曾任陕南护军使。北伐战争，其部被冯玉祥改编为国民联军第十六路军，吴为总司令，后又改称国民革命军第二集团军第十六军军长。1929年初下野。吴家原住山东济南，1926年举家迁天津，购得英国人在马场道360号和366号的两座洋房，共占地八亩。360号，就是后来的74号。

小楼始建于20世纪20年代。北洋政府总理颜惠庆曾居此处。居住时间，最有可能是1926年，颜氏辞去总理，来天津隐居之初。此时，吴家刚从济南迁来天津，暂住于三井洋行楼上，尚未购得马场道房产。1935年，时任天津市长的萧振瀛也在此暂居过，那应该是借住或租住。而1946至1948年，比利时领事馆在此办公，当为后话。

吴新田下野后，一直居住此地，深居简出，直到1945年去世。但是，房产在此期间，却有变化。1942年，吴家将360号售给银行。1946年，又将366号的前院主楼出售给韩姓人家，1950年又将后楼出售给军队。这就是河北大学古籍馆北与天津卫戍区宿舍比邻而居的源头。

南边所邻天津中药厂，原为北洋政府总理张绍曾故居，其旧宅是一幢巴洛克风格的二层小楼，亦建于20世纪20年代。此宅名头亦大，而且多有故事。张绍曾是河北大城人，天津武备学堂学生，保送日本陆军士官学校第一期炮科。北洋政府时期，曾任长江宣抚使、绥远将军兼垦务督办。1914年调回北京，任树威将军。袁世凯死后，一度出任陆军总监，但不久就随黎元洪一起离职。1922年黎元洪复职，张绍曾也随之复出。1923年1月4日出任北洋政府第二十三届总理。他主张迎孙中山入京协商南北统一，直系倒黎后，被迫辞职，从此成了天津寓公。

张绍曾虽回津寓居，但仍关心国事。他了解到冯玉祥与孙中山等国民党人士有联系，和冯玉祥的来往就更加密切，与冯结为儿女亲家。在家中自设电台与冯玉祥频繁联系。张作霖对此十分不满，1928年3月，张作霖派亲信将领王琦到津，与直隶督办褚玉璞、警察局长厉大森和办公署总参议赵景云密谋，暗杀张绍曾。1928年3月21日晚，赵景云请张绍曾到天津市南市天和玉饭庄吃饭。张绍曾临赴宴，小汽车前车轮突然爆胎。张绍曾颇感此兆不祥，假言身体不适，欲辞掉宴会。然被赵景云买通的手下人百般劝说，只好换上新轮胎赴宴。宴罢，赵景云又邀请张绍曾等到南市彩凤班饮茶。8点多，有仆役样的人手持信件，说有函件面交张绍曾。张绍曾闻讯，从内走出，一边问是"哪里的信"，一边伸手去接。此时，送信人掏出手枪，迎面连射三枪，张绍曾应声倒地，血流如注，被急送回张府。可叹张氏满宅女眷，竟无一人主事送医院者。次日晨，张绍曾死于寓所，终年49岁。此案当年轰动朝野，却不了了之。张绍曾被刺杀后，此宅归达仁堂乐家所有，公私合营后，建为天津中药五厂。

我对马场道74号历史的了解，很遗憾，还是在离开河北大学之后。一段时期，因为做民国文献保护工作，我对民国文献略有涉及。一个偶然机会，才得知74号的前世今生。想不到，在此十余亩的三座宅子里，竟然先后有多位民国时期的重要人物寓居。如果时间真的可以穿越的话，我们会与这些人每一天、每一刻都有密切的交集。但是当年我们对此却懵然无知。

上世纪90年代后期，我已经进入学校领导班子工作，多次研究马场道74号改造问题。按照天津城市建设方面的意见，此楼已被列为危楼，不能再使用。维修似乎也不可能，只有推倒重建的命运。即使推倒重建也很困难，因为河北大学没有土地证。这倒是其次，更主要的是，学校和河北省也都有倾向性意见，在办学经费极为紧张的情况下，不再投钱给天津。所以最后决定授权天津一家银行投资改造，给古籍所和留守处留出一部分房间，其余由投资的银行使用四十年。结果就是推倒留守处内的所有建筑，建成了两栋新楼。

拆还是不拆？最纠结的是我。毕竟在那个院子、那栋小楼里学习工作了近八年。而且，就是袁世凯孙子的宅子，也有保留的价值。所以，我关心最多的是能否保住小楼，但是，我也有顾虑，坚持保留不动，会被人说感情用事，而且一旦被旧主收取，岂不钱财一空。最终，还是一己之私超越了良知；金钱压倒了文化。

如今马场道所在的三座吴氏别墅，都已荡然无存了。在其上面，交通银行的招牌赫然在目，如果不是故人，没有几人会知道河北大学，更不会有几人晓得吴公馆，浓厚的商业气息似乎遮盖了近百年的沧桑。一日，读鸭长明《方丈记》，写宅邸与居者的无常情形，颇有感触。鸭长明说："繁华京都，铺金砌玉，豪宅鳞次栉比，甍宇齐平。无论贵贱，所居宅邸看似能世代相传，然细加寻访，可知往昔古屋留存者甚罕。或去岁遭焚，今年重建；或豪门没落，变为小户。居者亦相同……居者及宅邸无常之情形，便如牵牛花上之露。或露坠花存，花虽存，但一遇朝阳，立时枯萎；或花谢而露未消，虽然未消，然挨不过日暮。"读之，颇感千秋萧瑟，万物寂然，以时空观之，古宅和住户，皆不过过客。但是，只要宅子在，哪怕是人去楼空，必有故事流传。这当然是最好的结局。但如果人去楼夷，并记忆亦扫平了，人类终有一天会丢了文化。而那是他的根。马场道74号卖了，但愿我们的记忆不会一起出售。

与影子为邻

某年，去承德开会，安排夜游避暑山庄。虽是傍晚，游人仍然如织。我们避开宫殿区，沿着西北山边，进古木参天的森林，过绿草如茵的平原，逶迤到了水光潋滟的湖区，已经是夜色朦胧。岸边的路崎岖不平，灯影依稀，大家就放慢了脚步。办公室的女孩子们就说："讲个故事吧。"好啊，路灯昏黄，人影幢幢，湖水泛着神秘，所谓"林暗草惊风"，正是讲故事之时。我就说："林子老了有兽，宅子老了有鬼。避暑山庄的林子和房子可都有三百年的历史，虽没有猛兽，但是不乏狐狸、刺猬这样的小动物，至于鬼嘛，我们还没撞见。我就给你们讲个老宅子故事吧。"

我1986年在校本部上外语、政治等硕士生基础课，1987年到古籍所，与同年考到古籍所的三位博士生住进小楼101室，据说是仆人居室。但在我看来，也许并非如此。此室面积约四十平方米，方方正正。北面和东面窗子分内外两层，里面玻璃窗，外面百叶窗，南面墙上是壁炉，室内外的设计和装修都极为考究。也有人说是乳母与孩子所居，庶几近之。

留守处本来是个清闲的地方，平时接待学校来津出差或看病的人，因为有许多教师的户口留在天津，所以每月定时来车拉拉粮食。但是到了80年代中期，古籍所成立，詹锳先生开始招博士生，滕大春先生的外国教育史博士点也在此招生，人一下子多起来，开了食堂，工作陡增，留守处也增加了工作人员，本来寂静的所在，突然热闹起来。

我们的研究生生活，真是少有的简单。出楼门，对面左手不到十米就是阅览室，右手不到三米就是食堂。每天三个单元的读书时间，上午八点至十二点，下午两点至六点，晚上八点到十点，周而复始。立群师兄还有晚饭后一定散步的习惯，周六或周日约人下下围棋。我和新民、瑞君二兄，几乎没有什么嗜好，不散步，也不会下棋，一天到晚只有读书一件事。唯一的消遣是在周六晚上，四个人打扑克，脸上的纸条揭了又贴，贴了又揭，底下的桌子，钻了再钻，常常到凌晨，才算把一个星期的寂寞遣尽。后来，留守处的老师看我们实在没有什么可以消遣，就在中厅放了一台电视机，但我们也只是看看新闻和体育节目而已。

詹先生对学生的要求极其严格。每天上午九点到古籍所，为学生解答问题，下午四点，再来拿报，一天与学生要见两次面。一旦有哪个人不在，一定要问清楚，到哪里去了，是否与业务有关。瑞君兄新婚燕尔，准假一周。他回来晚了两天，就遭到先生严厉批评。一天，家里打来电话，说儿子高烧不退，希望我请假回去。正好先生在收发室取报，我就把电话交给先生，说："我家里电话，要我请假回去一下。"先生接了电话，听了没几句，就说："我们这里整理李白集正紧，他要回去，工作就撂了。孩子发烧，你还是给中文系说说吧。"先生声音好大，把家里人吓得不敢再出声。当然，后来我把稿子整理出来，交到他的手上，他还是叫我回去了。那两年，正推广石家庄造纸厂的满负荷工作法。先生很感兴趣，一再讲，"我看这个办法就很好"，显然他是把这一工作法实施到了我们身上。先生学业上是严师，生活中却很慈祥。总是笑眯眯的，平时说话不启唇，声音不大，却极清晰。我和老陶是脱产研究生，助学金很低。先生知道我们生活比较艰苦，就从自己的工资中拿出钱来，每月补助我们十元。知道我睡眠有时不好，嘱咐我不要熬夜，注意阴阳平衡，把主要的精力放在白天。一次说话，先生突然问到我的母亲，知道我母亲的年龄，连连说："高寿，高寿。应该多回去看看。"

古籍所的生活，简单，踏实，但是也枯燥。充实有时难掩寂寞。尤其到了上世纪90年代，三个师兄毕业离校，古籍所只剩下我一个学生。除了老师，无人可以交流。偌大的101室，由我一个人住，显然已不合适，于是调到二楼的201室。面积虽十余平方米，一个人读书起居足矣。只是到了二楼，人一下子悬了起来，更觉得楼中空空荡荡，虚得令人心悸。学校教师来天津出差的并不多，客人甚少，常常是一座小楼只有我一个人。到了周末，院子里只有一个值班的大爷，路灯似明似灭，楼中死寂死寂，可以听得见心跳。偶有病人来住，也多是重症。其中有两位就死在了我对面的房间。一位是我的老师，患肺癌，身子蜷曲成一团，眼睛茫然，不多日即去世。空洞洞的眼神直直地钻进人的心里，久久挥之不去。

　　一年暑假，古代文学教研室的保生老师去天津玩，要去我的宿舍钥匙，想借住几天。回来见到我，我问："怎样？"保生大叫："我的妈呀，这些年在天津你是怎么活的？"我说："咋了？"保生说："我在你的屋子住了一个晚上，就再也不敢住了。一座楼，只一个人，恐怖死了。"我就笑了，心里说，我还没给你讲郑大爷遇鬼的故事呢。

　　郑大爷是河北大学在津时的花工，早年学武，到了八十仍可耍九节鞭，虽然已经退休，但还时常来留守处看看。一个周六，他又来溜达，见我一人在院内，就和我聊起来，问我住二楼怎样。我说："还好吧，挺安静的。"郑大爷神秘地笑了笑说："晚上，有没有见过一个穿白衣服的女子？"我说："穿白衣服的人多了，你说的是哪位呀？""哦，不是哪一位。"郑大爷说，"有这么一件事。"

　　当年，郑大爷还年轻，有一天值夜班。天刚刚擦黑，就见一个穿着白衣服的女人走进大门，也不打招呼，径直朝小楼走去。他看了看背影，像个生人，就出了收发室，一边追，一边喊："喂，喂，同志。你找谁？"白衣女子不回头，也不搭声。郑大爷就急了，大步流星往前赶。他一米八以上的个子，一步小一米，可就是没赶上白衣女子，眼睁睁看着她进了楼。郑大爷再赶两步，进了中厅，楼内光线比较暗，朦朦胧胧地看到白衣女子上到二楼。郑大爷就说："同志，同志，楼上没人住。快下来。"可就在他回头找电灯开关的时候，白衣女子不见了，不知进了哪个房间。怪呀，今天没客人，二楼的几个房间都锁了，是不是哪一间忘了锁？郑大爷就上楼，一个房间一个房间地推，都锁着。他有点不放心，下楼，回到收发室，拿到钥匙，上楼，一个房间一个房间地打开，连个人影儿也没有。郑大爷立时白汗就出来了，跌跌撞撞地跑出小楼。

我本来是胆子极大的人，从来走夜路也不害怕的。但是，郑大爷的故事，还是听得人毛骨悚然。

故事讲完了，也快走到了避暑山庄的大门，路灯多了，周围一下子亮了起来。几个女孩子一句话也没说，就回了宾馆。次日一见面，她们也给我讲了一个故事。听了郑大爷的故事，她们心里很紧张。回到屋里，正议论这个故事，突然，门"咣当"一下响起来，几个人几乎是同时惊恐地叫起来，吓得谁也不敢去开门。直到听清楚是办公室的另一位工作人员时，才敢开了门。

听说吓坏了孩子们，我感到很不安，就说："人们都讲，陌生之地怕水，熟悉之地怕鬼，说明那鬼都是心中生出来的。"当时，我心里又想，这个世上，其实最怕的应该是人，而不是鬼。鬼都是人鼓捣出来的。只要人心中不黑暗，朗朗乾坤，鬼也不敢近前的。漆侠先生讲过这样一句话："鬼都怕恶人。"我想还应该改一改，鬼都怕正人。

话是这样说，听了郑大爷的故事，还是紧张数日。到了夜晚，楼里似乎多了许多声动，不是楼板响一下，就是房顶"咕咚"一声。不远不近，叫春的猫嚎出或低沉或凄厉的叫声，似乎把人扔在了四处坟茔的荒野中。于是死命读书，读到倒头便睡。后来，索性从资料室拿回《聊斋志异》，到深更半夜细读，记下许多凄美的鬼魂故事。想了想，若真有鬼的世界，与人间也没有两样，性分善恶，状呈美丑。想到此处，心一下子释然，就睡觉，想那白衣女子若在楼内，也只能进入梦中。可惜，竟然无梦，待睁开眼时，已是日上东窗。

上世纪80年代，经济大潮席卷天下，造原子弹的不如卖茶叶蛋的。读书无用思潮泛滥。但是，"独有扬执戟，闭关草太玄"，就是在古籍所的这几年，是我最好的读书时期。除了毕业论文，先生不允许我们写论文。书没有读到，怎么能写出好文章呢？这就是他的观点。所以我可以一门心思读书。那几年，我按照书架顺序，一部一部读《四部丛刊》和《四部备要》里的魏晋南北朝隋唐总集和别集，也算是真正读了一点书。

如今，那座曾经记录下我们许多读书故事的小楼已经不在，古籍所的老师们，也都各奔东西了。詹锳先生1998年驾鹤西行，副所长马国良老师也得病故去。沈老师、苗老师和张老师都已退休，只有刘崇德老师还被学校返聘。没有郑大爷的消息，如果还健在的话，早就是百岁开外的寿星了。留守处改造后，我曾经回去过一次。站在面目全非的院子里，觉得往事如烟，令人伤感与惆怅。此后，有两次去天津，路过74号门口，同行者总会问我："老师，进去看看吗？"我都说："不去！"简单而又决绝，因为今天的马场道74号，已非我心中的马场道74号。

原载《长城》2016年第2期